Elisa Lark

Der Herbstwind weht über das Grab

Provinzkrimi

Kurzbeschreibung

Eine junge Frau wird tot in einem Waldstück aufgefunden. Alles deutet auf ein Gewaltverbrechen hin, doch es fehlen Hinweise auf den Täter. Als sich schließlich herausstellt, dass die Freundin des Opfers nicht mehr erreichbar ist und sich die Eltern große Sorgen um die junge Frau machen, vermuten Karl und seine Kollegen, dass das Verschwinden der jungen Frau etwas mit dem Opfer aus dem Wald zu tun haben könnte. Es beginnt ein Wettlauf mit der Zeit, denn sollte der Mörder die verschollene junge Frau in seiner Gewalt haben, dann könnte es bald noch ein weiteres Todesopfer geben.

1. Kapitel

15. November, vormittags halb neun in Niederhaibach

Draußen stürmt es als würde die Welt gleich untergehen. Außerdem ist es richtig kalt geworden und meine Frau heizt schon wieder fleißig. Ich sehe vor meinem geistigen Auge, wie die Euros durch meinen Kamin in Rauch aufgehen. Für mich würde auch eine warme Decke am Sofa reichen, doch wenn ich das meiner Rosi vorschlage, wird sie mir vermutlich an die Gurgel gehen.

„Möchtest du auch eine Tasse Tee?“, fragt Rosi mich, als sie eine ganze Kanne von dem Zeug auf den Tisch stellt.

Ich bin nicht so der Teetrinker und bevorzuge Kaffee. Allerdings könnte bei dem miesen Wetter da draußen sogar mir nach einer Tasse Tee sein. Ich blättere weiter in meiner Zeitung, während ich ihr antworte.

„Später vielleicht.“

„Später ist er kalt“, brummt sie vorwurfsvoll.

So wie ich meine Frau kenne hat sie irgendeine komische Kräutermischung zur Teezubereitung verwendet. Die ist sicherlich besonders gesund, aber höchstwahrscheinlich nicht sonderlich schmackhaft.

Meine Frau ignoriert meine Ablehnung, holt eine Tasse aus dem Küchenschrank und schenkt mir eine Tasse davon ein. Anschließend stellt sie diese vor mir ab.

„Na gut, dann trinke ich eben jetzt eine Tasse Tee“, gebe ich nach.

Gegenwehr ist sowieso zwecklos, daher koste ich einen kleinen Schluck. Wie erwartet schmeckt der Tee scheußlich und ich stelle die Tasse zurück auf den Tisch. Mit etwas Zucker wäre er etwas genießbarer, doch meine Frau hat mir weißen Zucker verboten. Der soll schrecklich schädlich sein.

Zur Not würde ich auch einen Löffel Honig nehmen, aber ich habe keine Ahnung wo Rosi den versteckt hält. Ich stehe auf und suche in den Küchenschränken nach dem Glas.

„Was suchst du?“, fragt Rosi.

„Den Honig“, antworte ich.

„Man soll Getränke nicht süßen, sonst gewöhnt man sich nur daran und braucht immer mehr von dem Zeug.“

„Aber Honig ist doch natürlich“, erwidere ich.

„Trotzdem ist es Zucker pur“, entgegnet sie starrsinnig.

„Also kein Honig?“, frage ich zögerlich, denn auch wenn ich die Antwort schon kenne, habe ich noch einen kleinen Rest Hoffnung.

Sie schüttelt den Kopf.

„Wir wollen doch fit und gesund bleiben“, murmelt sie, während sie mir einen Teil meiner Zeitung wegschnappt.

Seufzend stoße ich den Atem aus, während ich wieder zurück an meinen Platz gehe. So wie es aussieht muss ich das Gesöff runterwürgen, oder ich lasse es einfach in der Tasse kalt werden und behaupte dann, ich hätte vergessen es zu trinken.

Gut möglich, dass Rosi mir den Tee dann nochmal aufwärmt, doch mit etwas Glück habe ich die Möglichkeit den Tee unbemerkt in den Ausguss zu schütten. Natürlich darf ich mich dabei nicht erwischen lassen. Daher konzentriere ich mich auf die Zeitung und stelle fest, dass Rosi mir ausgerechnet die Seite geklaut hat, auf der ich einen interessanten Artikel über das neue Baugebiet gelesen habe. Eigentlich hatte ich gerade erst damit angefangen.

„Hast du die Preise für das neue Baugebiet gelesen?“, fragt Rosi mich und hat ihre Aufmerksamkeit auf die Zeitung gerichtet.

„Nein, dazu bin ich nicht mehr gekommen“, murmle ich.

Ich unterlasse den Hinweis, dass ich gerade dabei war den Artikel zu lesen, als sie mir die Seite weggenommen hat. Aber ich weiß ja, dass sie mich dadurch nicht absichtlich ärgern wollte, sondern einfach nur einen Teil der Zeitung wollte.

„Was machst du eigentlich mit den ganzen Kastanien?“, frage ich sie, denn mir ist heute Morgen der Korb im Flur aufgefallen, der halbvoll mit Kastanien ist.

„Die habe ich gestern von Gudrun bekommen“, antwortet sie.

„Und warum?“, frage ich stirnrunzelnd.

„Zum dekorieren“, antwortet sie, als wäre meine Frage völlig überflüssig.

Das habe ich ja fast schon befürchtet. Ich verstehe natürlich überhaupt nicht, warum man die kleinen braunen Kugeln überall im und vor dem Haus verteilt. Rosis Dekowut ist mir unverständlich. Dennoch lasse ich sie da einfach machen. Erstens verstehe ich nichts von Dekoration und zweitens würde meine Frau sich da sowieso nicht reinreden lassen.

Ich habe keine Ahnung, warum Rosi nochmal Kastanien heimgeholt hat, denn es liegen sowieso schon jede Menge davon rum. Auch auf unserem Esstisch steht eine Schüssel mit Kastanien und sogar eine Vase mit einem gelb verfärbtem Kastanienblatt. Vielleicht legt sie da ja einfach noch mehr dazu.

„Keine Sorge ich verteile nicht noch mehr Kastanien im Haus“, sagt sie schließlich mit einem verschmitzten Grinsen. „Die Kastanien sind für den Kindergarten.“

Nun bin ich wirklich irritiert. Was hat denn meine Frau mit dem Kindergarten zu tun? Offensichtlich sieht sie mir an, dass mich ihre Aussage verwirrt.

„Die Kinder basteln mit den Kastanien“, erklärt sie.

„Und du bastelst mit?“, hake ich nach.

„Nein, ich bringe die nur vorbei“, erwidert sie. „Gudrun hat keine Zeit, um die Kastanien selbst dort vorbei zu bringen.“

„Und dann hast du dich angeboten?“

Sie nickt.

„Natürlich, ich habe ja Zeit“, antwortet sie.

„Wann musst du denn los?“, frage ich sie.

Sie wirft einen Blick auf ihre Armbanduhr.

„Ich fahre jetzt dann los“, erwidert sie. „Du brauchst ja das Auto nicht oder?“

Soweit mir jetzt gerade bewusst ist, habe ich heute Vormittag keinen Termin.

„Nein, das kannst du ruhig nehmen.“

„Wenn wirklich, musst du eben mit dem Rad fahren.“

Als ob das passieren würde!

Ich fahre nur Fahrrad, wenn ich von meiner Frau dazu genötigt werde. Allerdings habe ich kein Problem damit, alleine daheim zu sein, während Rosi mit dem Auto unterwegs ist. So habe ich sturmfrei und kann tun und lassen was ich will.

„Während ich weg bin, könntest du noch die eine Staude im Garten zuschneiden, die so wuchert“, sagt Rosi, als sie von ihrem Stuhl aufsteht.

Das war es dann offensichtlich mit meiner sturmfreien Auszeit. Hätte mich auch gewundert, wenn meine Frau einfach ohne Anweisungen von Dannen gezogen wäre.

„Muss das denn heute sein?“, frage ich seufzend. „Draußen stürmt es.“

„Der Wetterbericht behauptet, dass es nur in den Morgenstunden stürmt“, erwidert sie und reckt ihren Hals, um aus dem Fenster zu sehen. „Es wird eh schon ruhiger draußen. Du wirst sehen in ein paar Minuten ist der Spuk vorbei und du kannst dich ans Werk machen.“

Natürlich bin ich davon nicht sonderlich begeistert, doch wenn ich ihr das jetzt sage, dann erzählt sie mir wieder etwas von regelmäßiger Bewegung, die mich fit hält. Daher beuge ich mich einfach Rosis Willen.

2. Kapitel

15. November, vormittags halb elf in Niederhaibach

Ich stehe im Garten und versuche dem Strauch Herr zu werden, als das Handy in meiner Hosentasche klingelt. Es ist ein Wunder, dass ich es überhaupt einstecken habe. Normalerweise lasse ich es immer irgendwo im Haus liegen, wenn ich daheim bin.

Es dauert eine Weile bis ich die Heckenschere weggelegt, die Gartenhandschuhe abgezogen und das Handy aus meiner Hosentasche gefriemelt habe.

Ein Blick auf das Display verrät mir, dass ich von Simone angerufen werde. Ich nehme das Gespräch sofort an.

„Servus Karl, wir haben eine Leiche und so wie es aussieht, handelt es sich um ein Gewaltverbrechen. Hast du Zeit?“, fragt sie mich.

Ich sehe auf den Berg an abgeschnittenen Ästen, die vor mir liegen und den halb geschnittenen Strauch, der gerade aussieht, als hätte ihn jemand teilweise gerupft. So hat sich das meine Frau sicher nicht vorgestellt. Wenn ich jetzt alles stehen und liegen lasse, um mit Simone und Hansi an einem neuen Fall zu arbeiten, dann wird Rosi das sicherlich nicht gefallen. Sie erwartet von mir, dass ich den

Garten wieder sauber aufgeräumt hinterlasse und die abgeschnittenen Äste zum Recyclinghof fahre, sobald Rosi mit dem Auto zurück ist. Daher habe ich auch den Autoanhänger schon vorbereitet, um darin alle Gartenabfälle zu verstauen.

„Klar, aber ich habe kein Auto. Damit ist Rosi unterwegs“, erwidere ich und ignoriere das Durcheinander in unserem Garten.

„Kein Problem, wir holen dich ab“, entgegnet sie. „Bis gleich.“

Ich könnte jetzt den Garten noch etwas aufräumen, bis die beiden kommen. Andererseits sollte ich mich noch etwas frisch machen, bevor ich von meinen Kollegen abgeholt werde. Daher lasse ich einfach alles stehen und liegen. Wenn ich mich beeile, dann kann ich sogar noch schnell unter die Dusche springen.

Als es ein paar Minuten später an der Tür klingelt, bin ich noch nicht ganz fertig. Meine Haare sind noch etwas feucht, aber zumindest bin ich angezogen. Warum sind meine Kollegen auch ausgerechnet dann schnell, wenn sie sich ruhig etwas mehr Zeit lassen könnten?

Bevor ich nach unten gehe, um die Haustür zu öffnen, werfe ich noch einen Blick in den Spiegel. Ich sollte wirklich noch kurz zum Föhn greifen. Nicht nur, weil ich etwas gegelt aussehe, sondern auch weil ich mir bei dem Wetter mit feuchten Haaren vermutlich eine Erkältung einfange.

Doch gerade als ich zum Föhn greife, klingelt es erneut an der Haustür. Diesmal zeigt der Besucher seine Ungeduld indem er Sturm klingelt. Ich vermute, dass Hansi vor der Tür steht, denn so ein Verhalten passt zu ihm. Er kann keine zwei Minuten warten!

Ich lege den Föhn beiseite und sprinte die Treppe nach unten. In meinem Alter weicht so eine Sprinteinlage etwas von jüngeren Mitmenschen ab. Schließlich muss man sich etwas zurückhalten, da die Verletzungsgefahr mit steigendem Alter bekanntlich zunimmt.

Als ich die Haustür öffne, wird meine Vermutung bestätigt. Wie ich mir schon dachte, steht Hansi vor mir und sieht mich vorwurfsvoll an.

„Wo bleibst du denn?"

Er hat denselben tadelnden Tonfall drauf, wie meine Rosi, wenn sie mir etwas vorwirft.

„Entschuldige, aber ich musste mich noch kurz duschen, denn ich habe gerade im Garten gearbeitet, als Simone angerufen hat", erkläre ich ihm.

Dabei kann ich selbst einen leicht gestressten Unterton in meiner Stimme nicht verhindern.

„Jetzt aber los!", fordert er mich ungeduldig auf.

„Darf ich noch kurz meine Schuhe anziehen?"

Bei meiner Frage sieht er auf meine Füße, die lediglich in Socken stecken.

„Ich warte im Auto", entgegnet er.

Als ich die Haustür hinter mir ins Schloss ziehe, fällt mir auf, dass Simone gar nicht in Hansis Auto sitzt. Ich steige auf der Beifahrerseite ein und lasse mich mit einem gestressten Seufzen auf den Sitz fallen.

„Wo ist denn Simone?“, frage ich Hansi anschließend.

„Die musste noch kurz einen Bericht fertig schreiben und fährt anschließend direkt zum Tatort.“

„Was genau ist denn eigentlich passiert?“, hake ich nach.

„Auf einer kleinen Lichtung in einem Waldstück wurde eine Leiche gefunden.“

„War es Mord?“

„Das wissen wir noch nicht genau“, entgegnet Hansi.

„Simone meinte es gibt Hinweise auf ein Gewaltverbrechen.“

„Ja, offensichtlich gibt es Einblutungen, die auf Ersticken hinweisen“, erwidert Hansi. „Aber das muss Rudi sich erst genauer ansehen.“

Es dauert eine ganze Weile, bis wir am Tatort ankommen. Wobei ich ja noch gar nicht sicher bin, dass es überhaupt ein Tatort ist. Vielleicht ist die Frau ja eines natürlichen Todes gestorben. Genau weiß man das anfangs ja noch nicht. Ich wäre jedenfalls froh, wenn wir es nicht mit einem Mord zu tun hätten. Mir ist es lieber, wenn die Gewaltbereitschaft der Menschen nicht stetig zunimmt. Aber da bin ich sicherlich nicht der Einzige.

Als wir schließlich am Fundort der Leiche ankommen, müssen wir erst noch ein ganzes Stück durch den Wald gehen, bis wir zu der Lichtung gelangen. Dort liegt eine junge Frauenleiche inmitten von hohem Gras.

Wir nähern uns der Leiche und auch Rudi, der dort schon in seine Arbeit vertieft ist. Er untersucht gerade den Kopf der jungen Frau, als wir ihn begrüßen.

„Servus", brummt er einsilbig, ganz in seine Arbeit vertieft. „Nein, ich kann euch noch nicht sagen, woran sie gestorben ist, ich bin gerade erst angekommen und habe vor nicht einmal zwei Minuten mit der Untersuchung begonnen."

Rudi kennt uns schon so gut, dass wir noch nicht einmal mehr unsere Fragen aussprechen müssen. Er beantwortet sie uns auch so. Andererseits wollte er uns damit auch deutlich machen, dass wir ihn nicht mit Fragen löchern sollen, weil es ihn nervt, wenn wir so ungeduldig sind.

Da er uns noch keine Informationen geben kann, bleibt uns gar nichts anderes übrig, als ihm bei der Arbeit zuzusehen. Ich schaue anderen ja eigentlich nicht so gerne bei der Arbeit zu, doch im Moment bleibt uns nicht wirklich etwas anderes übrig. Die Kollegen der Spurensicherung durchsuchen bereits die Umgebung nach Hinweisen auf den Tod der jungen Frau.

„Wissen wir denn schon wer sie ist?", frage ich Rudi, auch wenn er mich dafür verachten wird.

„Diese Tasche wurde neben der Leiche gefunden", erwidert er und hält mir eine kleine rote Handtasche entgegen. „Ich bin aber noch nicht dazu gekommen reinzusehen."

Als ich danach greifen möchte, zieht er sie abrupt zurück.

„Wie lange bist du jetzt schon bei der Polizei?", fragt er mich und wirft mir einen vorwurfsvollen Blick zu.

„Gefühlt schon seit ich denken kann, warum?", erwidere ich stirnrunzelnd.

„Und da weißt du noch immer nicht, dass man Beweismittel nicht ohne Handschuhe anfasst?"

Ungläubig starre ich auf meine Hände. Tatsächlich habe ich vergessen mir Handschuhe überzuziehen. Das ist mir ja noch nie passiert!

Offensichtlich bekommt mir das Alter nicht, oder es liegt einfach daran, dass Hansi mich zuvor so gestresst hat. Außerdem weht mir der kalte Herbstwind über den Kopf und ich kann beinahe spüren, wie sich mein Immunsystem aufbäumt und versucht die Erkältungsviren in Schach zu halten.

3. Kapitel

15. November, mittags halb eins auf einer Lichtung nahe Straubing

Mittlerweile ist auch Simone bei uns angekommen und obwohl wir mit den Kollegen schon die ganze Umgebung abgesucht haben, konnten wir nichts Auffälliges finden, das mit dem Tod des Mädchens zusammenhängen könnte.

Die junge Frau hatte zwar eine kleine Handtasche dabei, doch darin befindet sich außer Papiertaschentüchern und einer Packung Kaugummi nichts. Entweder sie hatte sonst nichts bei sich, oder der Täter hat das Handy und die Geldbörse gestohlen.

Unter anderen Umständen würde ich vermuten, dass es sich um einen Raubüberfall handelt, doch wir befinden uns auf einer Lichtung im Wald. Was hätte das Mädchen hier alleine tun sollen? Außerdem hat Rudi uns mitgeteilt, dass der Tod der jungen Frau vergangene Nacht zwischen Mitternacht und etwa vier Uhr morgens eingetreten ist.

Was hat das Mädchen mitten in der Nacht in den Wald gelockt?

Angesichts des Fundortes gehe ich davon aus, dass die junge Frau sich im Wald mit einem Liebhaber getroffen hat. Vielleicht war der es ja auch, der sie umgebracht hat.

„Ich glaube wir sind uns einig, dass die Frau nicht einfach so in der Nacht durch den Wald spaziert ist und das auch noch ohne ihr Handy“, sagt Simone, als wir etwas ratlos beieinanderstehen.

Bevor wir ihr antworten können, winkt uns Rudi zu sich. Sofort gehen wir zu ihm und ich hoffe wirklich, dass er Informationen für uns hat, die entweder den Fall lösen, oder vielleicht sogar beweisen, dass wir gar keinen Fall haben. Ich kann mir zwar nicht vorstellen wie es ein Unfall hätte sein können, aber die Hoffnung soll man ja nicht aufgeben.

Als wir bei Rudi ankommen, sieht er zu uns auf.

„Die junge Frau hat Hämatome an ihren Oberschenkeln und auch ihren Oberarmen“, erklärt er uns.

„Also wurde sie umgebracht“, stelle ich fest.

„Die Einblutungen in ihren Augen deuten darauf hin, dass sie erstickt wurde. Allerdings hat sie keine Hämatome am Hals“, entgegnet er.

„Also wurde sie nicht erwürgt“, wirft Simone ein.

Rudi schüttelt den Kopf.

„Ich muss sie in der Pathologie genau untersuchen“, entgegnet er.

„Aber du hast doch schon einen Verdacht oder eine Ahnung“, sage ich zu ihm.

„Natürlich, ich habe immer eine Ahnung. Doch die werde ich euch nicht sagen, sonst nagelt ihr mich darauf fest, wenn es doch anders war“, erwidert er.

„Du denkst, dass sie vergewaltigt wurde oder?“, hakt Simone unnachgiebig nach.

Rudi zuckt zögerlich die Schultern.

„Die Hämatome an ihren Schenkeln deuten darauf hin“, entgegnet Rudi.

„Du denkst der Vergewaltiger hat sie hierhergelockt und anschließend erwürgt?“, fragt Hansi.

„Nicht erwürgt, sondern erstickt“, antwortet er. „Ich muss nur noch herausfinden, wie er sie erstickt hat. Aber dazu muss ich sie in der Gerichtsmedizin genau untersuchen.“

Er winkt die Kollegen herbei, die die Leiche abtransportieren. Ich sehe dabei zu und bedauere das arme Mädchen. Sie war noch so jung und fiel einem so grausamen Gewaltverbrechen zum Opfer. Ihre aufreizende Kleidung deutet darauf hin, dass sie zu einer Verabredung wollte. Lediglich die hohen Stiefel, die ihr fast bis zu den Knien reichen, passen zu dem kühlen Wetter.

Sie trug offensichtlich einen Mantel, den wir etwa zwei Meter entfernt von ihr gefunden haben. Vielleicht war der Täter ja tatsächlich mit ihr verabredet und ist mit ihr in den Wald gefahren, um sie hier zu vergewaltigen.

Womöglich hatte er von vorneherein geplant sie anschließend zu töten, oder er hat sie erst getötet, als sie nichts von ihm wollte und er sich deswegen ihr mit Gewalt aufgedrängt hat. So wollte er vielleicht verhindern, dass sie ihn anzeigt und er für seine Tat ins Gefängnis geht.

„Ich untersuche sie gründlich und melde mich bei euch“, verspricht Rudi, bevor er sich von uns verabschiedet.

Wir helfen den Kollegen der Spurensicherung noch beim Aufräumen. Als ich mir die Handtasche nochmal genauer ansehe und die Packung Papiertaschentücher herausnehme, fällt mir auf, dass sich darin noch etwas Hartes befindet.

Als ich die Packung genauer unter die Lupe nehme, finde ich zwischen den Taschentüchern einen Ausweis und zwei Zwanzig Euro Scheine.

„Ich weiß wer das Opfer ist“, rufe ich meinen Kollegen zu.

Sofort habe ich ihre Aufmerksamkeit. Als Hansi und Simone bei mir ankommen, zeige ich triumphierend meine Beute.

„Offensichtlich hatte sie gar keinen Geldbeutel dabei, sondern nur etwas Geld und ihren Ausweis in die Packung Taschentücher gesteckt“, erkläre ich.

„Selina Seiler, neunzehn Jahre“, lese ich vor.

„Dann sollten wir uns auf den Weg ins Revier machen, um alles über die junge Frau herauszufinden“, schlägt Simone vor.

Als wir dort ankommen, gehen wir zu den Kollegen der IT. Sie finden aufgrund des Namens unseres Opfers ihre Handynummer heraus und versuchen anschließend dieses zu orten.

„Ich habe einen Standort, allerdings ist das Signal jetzt weg“, erklärt der Kollege uns.

„Was bedeutet das?“, hake ich nach.

„Als ich mit der Ortung begonnen habe, war es noch eingeschaltet, doch ich habe die Verbindung verloren. Das passiert, wenn der Akku des Handys aus ist, oder es ausgeschaltet wurde.“

„Dann könnte der Täter es also noch haben“, sagt Hansi.

Der IT-Kollege nickt.

„Worauf warten wir dann noch?“, frage ich und sehe meine beiden Kollegen auffordernd an.

„Schickst du mir die Koordinaten aufs Handy?“, bittet Simone den Kollegen, bevor wir aufbrechen.

„Ich fahre“, sagt Hansi, als wir im Laufschritt durch den Flur hetzen.

„Und ich weiß wohin“, wirft Simone ein, während sie auf ihr Handy sieht.

„Dann sitze ich auf dem Rücksitz“, sage ich, weil ich ansonsten keinen Beitrag leisten kann.

Wir fahren raus aus der Stadt und sind ziemlich lange unterwegs.

„Da vorne muss es sein“, sagt Simone und deutet auf ein Haus.

Hansi parkt den Wagen am Straßenrand und wir steigen aus. Wir befinden uns in einem kleinen Dorf, das vorwiegend aus Einfamilienhäusern besteht. Die Gärten sind gepflegt und ab und an sind wir auch an einem Bauernhof auf der Fahrt hierher vorbeigekommen.

Wir gehen auf das Haus zu, auf dessen Grundstück das Handy geortet wurde.

„Wie genau kannst du sagen, wo das Handy sich befinden sollte?“, hake ich nach.

„Wir sollten direkt davorstehen“, antwortet Simone.

Hansi runzelt die Stirn.

„Genau hier?“

„So genau kann ich es nicht sagen, aber wir müssten sehr nah dran sein“, entgegnet Simone.

Wir stehen fast direkt vor der Haustür und müssen nur noch vier Stufen nehmen, um an den Klingelknopf zu kommen.

„Wissen wir, ob es im Haus sein soll, oder hier vor der Tür?“, frage ich irritiert, denn so genau habe ich das mit der Genauigkeit der Ortung noch nicht verstanden.

„Beides ist möglich“, antwortet Simone schulterzuckend.

„Dann fragen wir einfach mal nach“, sagt Hansi entschlossen, steigt die Stufen empor und drückt auf den Klingelknopf.

4. Kapitel

15. November, nachmittags halb drei in einem Dorf außerhalb von Straubing

„In diesem Haus gibt es kein gestohlenes Handy", sagt die Frau Mitte fünfzig entschlossen, nachdem wir sie darüber informiert haben, dass ein gestohlenes Handy auf ihrem Grundstück geortet wurde.

„Wer wohnt noch mit Ihnen hier im Haus?", frage ich sie.

„Mein Mann und meine zwei Söhne", antwortet sie sehr abweisend.

„Können wir mit denen auch mal sprechen?", hakt Hansi nach.

Sie rollt sichtlich genervt mit den Augen, bevor sie mit den Schultern zuckt und uns mit einer Handbewegung andeutet ihr zu folgen. Ich wechsle mit meinen Kollegen einen Blick und schüttle kaum merklich den Kopf. So unfreundlich wurden wir schon lange nicht mehr empfangen und dabei haben wir noch gar nicht wirklich einen richtigen Verdacht in den Raum gestellt. Wir haben lediglich nach einem Handy gefragt.

Wir folgen der Frau ins Innere des Hauses, während sie lautstark durch das Haus schreit.

„Alle mal antreten!“

Offensichtlich werden hier des Öfteren Befehle von der Mutter gegeben, denn es dauert keine zwei Minuten, bis der Ehemann und die zwei Söhne in der Küche erscheinen. Für meinen Geschmack hat die Frau zu viel von einem Drillsergeant.

Als die drei Männer in der Küche erscheinen, stellt die Frau uns gar nicht vor, sondern blufft diese sofort an.

„Hat von euch einer ein Handy ins Haus gebracht, das uns nicht gehört?“, fragt sie vorwurfsvoll in die Runde.

Ich schätze die beiden Söhne auf circa zwanzig bis fünfundzwanzig Jahre, während der Ehemann in etwa das Alter seiner Frau hat.

„Also ich habe nur mein Handy“, antwortet der Sohn, der etwas jünger aussieht als sein Bruder.

Als müsse er einen Beweis erbringen, holt er sein Handy aus der Hosentasche und wedelt damit vor dem Gesicht seiner Mutter. Diese richtet daraufhin ihren Blick auf ihren zweiten Sohn.

„Warum sollte ich ein fremdes Handy haben? Ich habe selbst eins“, sagt der junge Mann.

Nun sieht die Frau auffordernd zu ihrem Ehemann.

„Du weißt genau, dass ich mit Handys nichts am Hut habe“, antwortet er.

„Stimmt, mein Mann hat nicht einmal selbst ein Handy, weil er die Dinger nicht leiden kann“, sagt sie zu uns.

Irgendwie kommt es mir komisch vor, dass keiner der drei Männer danach fragt, wer wir überhaupt sind. Wie bestellt und nicht abgeholt stehen wir seit einer Weile da und hören der Familie zu, bis Simone sich schließlich einschaltet.

„Wir haben ein Handy geortet und dies wurde hier auf diesem Grundstück geortet. Haben Sie etwas dagegen, wenn wir uns hier mal umsehen?"

„Hier im Haus?", ruft die Frau aufgebracht.

So wie es aussieht ist sie damit ganz und gar nicht einverstanden und schüttelt den Kopf.

„Vorerst würde es auch schon ausreichen, wenn wir uns draußen umsehen dürften", erwidert Simone.

Die Chance, dass der mögliche Täter das Handy gestohlen und dann draußen im Garten versteckt hat, halte ich für gering. Wahrscheinlicher ist es, dass derjenige das Handy im Haus aufbewahrt. Aber vielleicht haben wir ja Glück und finden das Handy draußen. Ansonsten brauchen wir einen Durchsuchungsbefehl, und ich bin nicht sicher, ob wir den so einfach bekommen.

„Tun Sie was Sie nicht lassen können", sagt die Frau und macht eine Handbewegung, die uns den Weg zur Haustür weist.

Wir suchen den ganzen Garten ab. Hinter jeder Hecke und unter jedem Strauch suchen wir nach einem Handy, oder einem Hinweis, dass vor kurzem etwas vergraben wurde. Unser Kollege, der das Handy geortet hat, sagte uns, dass sich das Telefon noch kurz vor dem Verbindungsabbruch bewegt hat. Daher können wir davon ausgehen, dass es, wenn überhaupt, erst vor kurzer Zeit vergraben wurde.

Ich pflüge durch den Rindenmulch, doch absolut nirgends liegt so ein verdammtes kleines Telefon. Nachdem jeder von uns drei seinen Teil des Gartens abgesucht hat, treffen wir uns vor der Haustür.

„Und, hat jemand was gefunden?“, hake ich nach.

Simone und Hansi schütteln unisono den Kopf.

„Das kann doch nicht sein“, seufze ich.

„Vermutlich haben sie das Handy im Haus liegen“, wirft Hansi ein.

„Haben wir wirklich alles abgesucht?“, frage ich stirnrunzelnd.

„Nicht alles“, antwortet Simone und sieht zu den Mülltonnen.

Die Familie hat eine Mülltonnenbox, die neben der Einfahrt steht.

„Du willst jetzt nicht den Müll durchwühlen?“, fragt Hansi mit gerümpfter Nase.

„Von wollen kann keine Rede sein“, antwortet sie seufzend.

„Na dann, packen wir es an“, murmle ich.

Mit wenig Begeisterung nähern wir uns den Mülltonnen und zögern alle drei, als wir dort ankommen.

„Ich lasse euch gerne den Vortritt“, sage ich zu den beiden.

„Keine Sorge, ich reiße mich auch nicht darum“, entgegnet Hansi.

„Männer“, brummt Simone und öffnet die Türen der Mülltonnenbox.

Sie zieht die schwarze Tonne hervor und öffnet den Deckel.

„Ich nehme die Papiertonne“, biete ich großzügig an.

„Auf keinen Fall durchwühle ich die Biotonne“, ruft Hansi und hebt abwehrend die Hände.

„Dann hoffen wir mal, dass wir in diesen beiden Tonnen fündig werden“, erwidert Simone mit einem Augenzwinkern.

Während Simone die Mülltüten aus der Tonne holt und nacheinander auf den Boden stellt, wird mir schnell klar, dass die Papiertonne viel zu groß und der Inhalt zu durcheinander ist, als dass man sie mit ein paar Handgriffen entleeren könnte.

Kurzerhand lege ich die Tonne um und entleere den Inhalt auf die Einfahrt. Hansi beugt sich zu mir hinunter und hilft mir alles zu durchsuchen. Vermutlich hofft er, dass ich ihm bei der Biotonne auch behilflich bin, sollte es nötig sein diese zu durchsuchen. Allerdings habe ich noch die Hoffnung, dass wir das Handy schnell finden und uns die stinkende Biotonne erspart bleibt.

„Da ist es“, sagt Hansi plötzlich und zieht zwischen dem Papier am Boden ein schwarzes Telefon hervor.

„Ich hoffe Sie räumen das alles wieder auf!“, ruft die Frau, als sie in der Haustür erscheint.

Sie stemmt ihre Hände in die Hüften und sieht uns finster an. Diese Frau wirkt wie eine Furie und man könnte fast Angst vor ihr haben. Das ist es wohl auch, was die Männer in dieser Familie haben. Sie fürchten diese Frau. Selbst die Söhne wirken überaus zurückhaltend und eingeschüchtert. Mit keinem von ihnen möchte ich tauschen.

Während Simone das Handy in einer Tüte verpackt, sieht Hansi zur Familie.

„Wem gehört dieses Handy?“

Die Frau sieht die Männer ihres Haushaltes nacheinander an. Alle drei zucken die Schultern und schütteln den Kopf.

„Keinem von uns“, sagt die Frau.

„Aber es war in ihrer Papiertonne“, entgegne ich.

„Das könnte jeder da reingeworfen haben“, knurrt sie.

5. Kapitel

16. November, morgens halb zehn in Straubing

Ich bin jetzt wirklich gespannt, ob die Kollegen Fingerabdrücke auf dem Handy feststellen konnten. Die Familie, bei der wir das Handy sichergestellt haben, streitet vehement ab, dass sie mit dem Handy etwas zu tun hat. Für die Nacht, in der unser Opfer getötet wurde, geben sie sich gegenseitig ein Alibi. Laut ihren Aussagen waren sie alle gemeinsam daheim.

Überraschenderweise haben sich alle vier gleich bereitwillig die Fingerabdrücke abnehmen lassen, so dass wir diese abgleichen können. Somit könnten sie vielleicht tatsächlich die Wahrheit sagen und nichts mit dem Mord und dem Handy in ihrer Papiertonne zu tun haben.

Als die Tür aufgeht, und ein Kollege der Forensik den Raum betritt, ist mir sofort klar, dass er mit den Ergebnissen kommt. Mit etwas Glück wissen wir gleich wer der Täter ist.

„Keiner der Fingerabdrücke stimmt mit denen überein, die ihr uns zum Abgleich gegeben habt“, informiert er uns, und umgehend platzt der Traum von der schnellen Aufklärung des Falls.

„Sind denn nur die Fingerabdrücke des Opfers auf dem Handy?“, hake ich nach.

Der Kollege schüttelt den Kopf.

„Wir haben noch einen unbekannten Fingerabdruck darauf gefunden“, antwortet er. „Leider ist er nicht in der Datenbank.“

„Dann gehört der vielleicht dem Täter“, wirft Simone ein.

„Es könnte natürlich auch sein, dass es doch einer aus der Familie der Furie war und einfach nur Handschuhe getragen hat“, entgegne ich.

„Ich habe das Handy an die Kollegen der IT übergeben, damit sie es auswerten können“, sagt er.

Als er sich verabschiedet und den Raum wieder verlässt, stoße ich seufzend den Atem aus.

„Ich hatte so sehr gehofft, dass einer der Söhne der Täter ist“, gestehe ich.

„Könnte auch sein. Wir sollten die Sache mit den Handschuhen nicht vergessen“, erwidert Hansi.

„Wir haben aber beide Söhne genau unter die Lupe genommen“, erklärt Simone. „Es gibt von keinem der beiden eine Verbindung zu unserem Opfer. So wie es aussieht haben sie sich nicht gekannt.“

„Wir müssen warten, bis die Kollegen das Handy durchsucht haben“, sagt Simone. „Vielleicht finden sie ja darauf einen Hinweis auf den Täter.“

„Unser Opfer muss ihren Mörder gekannt haben“, murmle ich nachdenklich. „Vermutlich hat sie sich sogar freiwillig mit ihm getroffen.“

„Die Frage ist nur, war das Treffen schon in dem Waldstück geplant, oder hat sie sich mit dem Täter woanders getroffen und dieser hat sie dann dorthin gebracht“, wirft Simone nachdenklich ein.

„Bisher wissen wir noch nicht einmal, ob sie am Fundort auch getötet wurde“, murmelt Hansi.

Als das Telefon klingelt, nimmt Simone das Gespräch an. Offensichtlich ist Rudi am anderen Ende der Leitung und sie vereinbart mit ihm ein Treffen. Wahrscheinlich ist er mit seiner Untersuchung der Leiche fertig und mit etwas Glück hat er auch nützliche Hinweise für uns.

„Rudi ist fertig“, informiert sie uns und steht von ihrem Stuhl auf. „Ich habe mit ihm ausgemacht, dass wir gleich zu ihm kommen.“

Als wir bei Rudi ankommen, erwartet er uns bereits.

„Ich hoffe du hast gute Neuigkeiten für uns“, sagt Simone nach der Begrüßung zu ihm.

„Ich habe weiße Textilspuren in der Nase des Opfers gefunden“, eröffnet er uns.

„Und das bedeutet?“, hake ich nach, als Rudi es mal wieder spannend macht.

„Vermutlich wurde ihr etwas auf Mund und Nase gedrückt, das aus weißer Baumwolle bestand“, erklärt er.

„Also könnte sie auch mit dem typischen Kissen erstickt worden sein?“, hake ich nach.

„Wenn es aus weißer Baumwolle war“, antwortet er nickend.

„Weißt du denn, ob sie im Wald getötet wurde?“

Bei Hansis Frage zuckt er die Schultern.

„Das kann ich leider nicht mit Sicherheit sagen“, antwortet er. „Aufgrund der Baumwollspuren in der Nase des Opfers wäre es denkbar, dass sie in einem Bett erstickt wurde. Aber natürlich könnte der Täter ihr auch einfach ein Hemd oder T-Shirt auf ihre Nase gedrückt haben.“

„Also wissen wir weder, wo sie getötet wurde, noch von wem“, brumme ich.

„Zumindest konnte ich bestätigten, dass sie erstickt wurde, zudem habe ich euch den Todeszeitpunkt eingegrenzt und wir wissen, dass ein weißer Baumwollstoff involviert war“, fasst Rudi zusammen.

„Und sonst hast du gar nichts für uns?“, frage ich.

„Bis auf die Tatsache, dass sie vergewaltigt wurde“, antwortet Rudi ganz nebenbei.

„Und das sagst du jetzt erst?“, erwidere ich vorwurfsvoll.

„Was heißt denn jetzt erst?“, entgegnet er schulterzuckend. „Ihr seid doch gerade erst gekommen.“

„Gibt es DNA Spuren?“, hakt Simone nach.

„Nein, der Täter hat vermutlich ein Präservativ benutzt“, antwortet Rudi. „Allerdings hat das Opfer wirklich deutliche Schürfverletzungen im

Intimbereich. Ich habe keinen Zweifel daran, dass sie sich diese nicht freiwillig zugezogen hat."

„Also haben wir einen Täter, der sich zuerst an der jungen Frau vergangen hat und sie anschließend erstickte", sagt Simone nachdenklich.

„Und wir haben keinerlei Hinweise auf einen Täter, abgesehen von einem Fingerabdruck auf dem gestohlenen Handy des Opfers", brummt Hansi missmutig.

„Ich bin sicher, das Handy kann uns wichtige Hinweise geben."

Natürlich hoffe ich, dass Simones Worte zutreffen, doch ich sehe das nicht ganz so optimistisch wie meine Kollegin. Wie heißt es so schön, wenn man nichts erwartet, kann man nicht enttäuscht werden. Daher erwarte ich erst einmal nichts und wenn wir dann doch etwas finden, freue ich mich umso mehr.

„Meinen Bericht schicke ich euch noch heute", versichert er, bevor er sich hinter seinen Schreibtisch setzt und sich auf seinen Computer konzentriert.

Auf dem Weg zurück zu unserem Büro knurrt mein Magen, was kein Wunder ist, denn heute Morgen ist das Frühstück etwas mickrig ausgefallen. Glücklicherweise hat meine Frau gestern einen Kuchen gebacken und mir davon drei Stück eingepackt. Natürlich nicht nur für mich, sondern auch für Hansi und Simone. Die beiden wissen noch gar nichts von ihrem Glück. Das wird gleich eine nette Überraschung.

„Was haltet ihr von Kaffee?“, frage ich die beiden.

„Sehr gerne, bringst du mir eine Tasse mir?“, entgegnet Simone. „Dann schaue ich gleich noch schnell bei den Kollegen der IT vorbei. Vielleicht haben sie schon Ergebnisse, was das Handy betrifft.“

Eigentlich hatte ich ja gehofft, dass meine Kollegen ihren Kaffee selbst tragen, dann hätte ich noch eine Hand für die Kuchenteller frei. So bleibt mir nichts anderes übrig, als dass ich zweimal gehe. Es sei denn Hansi hilft mir beim Tragen, was er sicher tut, wenn er dafür ein Stück Kuchen bekommt.

6. Kapitel

16. November, vormittags halb elf in Straubing

Der Kuchen meiner Rosi war wie immer sehr lecker. Nun warten wir auf die Ergebnisse der Kollegen, was das Handy des Opfers betrifft. Zuvor waren sie noch nicht ganz fertig mit der Auswertung, doch es kann sich nur noch um Minuten handeln, bis wir die Infos erhalten.

Ein heller Ton kündigt einen Nachrichteneingang bei Simone an. Sofort widmet sie sich ihrem Computer und schon kurz darauf sieht sie zu uns auf.

„Die Kollegen haben das Handy ausgewertet und uns die Nachrichten zugesandt, die unser Opfer in letzter Zeit bekommen hat“, erklärt sie uns, während der Drucker bereits mit der Arbeit beginnt.

Wie immer druckt sie für Hansi und mich alles aus, weil sie genau weiß, dass wir mit Papier lieber arbeiten, als mit digitaler Technik. Sie überreicht uns jeweils ein paar Zettel und ich mache mich sofort an die Arbeit diese ausgiebig zu studieren.

Die Kollegen haben sämtlichen E-Mail-Verkehr, Whatsapp-Nachrichten und eine Anrufliste vom Handy geladen und ich fange mit den Whatsapp-

Nachrichten an. Immerhin kommunizieren die jungen Leute heutzutage nur noch über diese App.

Mittlerweile gibt es ja auch noch eine ganze Reihe von anderen Apps, von denen ich mir die Namen nicht merken kann. Darum kümmert sich Simone, während Hansi und ich die altmodischen Kommunikationsvarianten übernehmen.

Wenn man bedenkt, dass ich mich zu Anfang meiner Karriere mit Briefen und Festnetztelefonaten beschäftigten musste und wir lediglich mit diesen Mitteln kommuniziert haben, ist das alles womit wir jetzt arbeiten fast nicht zu glauben.

Aber all die neue Technik ist nicht nur Segen, sondern in meinen Augen auch ein Fluch. Immerhin sind diese Hilfsmittel nicht nur der Polizei vorbehalten, sondern auch die Verbrecher haben heute dadurch viel mehr Möglichkeiten.

Ich überfliege die Nachrichten und es dauert nicht lange, bis mir ein Nachrichtenverlauf mit einem offensichtlichen Verehrer unseres Opfers auffällt.

„Sie hatte regen Kontakt mit jemandem, den sie als Moritz in ihren Kontakten eingespeichert hat“, sage ich zu meinen Kollegen.

„Hat sie sich mit ihm am Tatabend verabredet?“, hakt Simone nach.

„Moment, soweit bin ich noch nicht. Die beiden haben sich unendlich viele Nachrichten geschrieben und das schon seit mehreren Wochen“, erwidere ich und blättere bis zum Ende der Nachrichten vor.

Ich schüttle den Kopf.

„Nein, hier steht nichts von einem Treffen.“

„Vielleicht haben sie sich ja telefonisch verabredet“, erwidert Simone.

Ich blättere zu den Einzelverbindungsnachweisen und suche dort nach dem Kontakt von diesem Moritz. Doch auch da werde ich nicht fündig.

„Offensichtlich hat sie auch nicht mit ihm telefoniert“, murmle ich.

„Wie sagtest du heißt der Kerl?“, fragt Simone.

„Moritz“, antwortet ich. „Zumindest hat sie ihn so eingespeichert.“

„Ich suche mal ihre Social Media Accounts nach einem Moritz ab. Vielleicht hat sie ja dort irgendwo mit ihm kommuniziert“, sagt Simone, während sie auf ihrer Tastatur tippt.

In der Zwischenzeit suche ich weiter die Nachrichten unseres Opfers durch, ob mir noch jemand auffällt, der als Täter in Frage kommt. Doch niemand hat sich mit Frau Seiler für diesen Abend verabredet.

Ich war der festen Überzeugung, dass die jungen Leute in ihren Handys das ganze Leben abgespeichert haben. Daher hatte ich auch keinen Zweifel daran, dass dieses Telefon uns eindeutige Hinweise auf den Täter geben würde. Mittlerweile bin ich da jedoch nicht mehr so zuversichtlich.

Es gibt auch absolut keinen Hinweis darauf, dass die Familie, in deren Papiertonne wir das Handy gefunden haben, etwas mit dem Tod von Frau Seiler zu tun hat. Keines der Familienmitglieder stand in Kontakt mit Frau Seiler. Simone hat auch schon alle sozialen Medien abgesucht, doch auch dort war unser Opfer mit keinem der Familienmitglieder befreundet oder in Kontakt.

So wie es aussieht hat der Täter das Handy einfach in der Papiertonne der Familie entsorgt, nachdem er es nach dem Mord aus Frau Seilers Handtasche entwendet hat.

„Ich finde keinen Moritz in einem ihrer Social Media Kontakte“, murmelt Simone sichtlich genervt.

„Reden wir einfach mit diesem Moritz“, schlage ich vor. „Vielleicht gibt er ja zu, dass er sich mit Frau Seiler getroffen hat.“

„Ich suche mal anhand seiner Handynummer die Adresse raus“, erwidert Simone.

Wir haben wirklich großes Glück, dass unsere junge Kollegin so fit mit diesem neumodischen Zeug ist. Ich bin ja längst in Pension und muss mich mit diesem heutigen digitalen Mist nicht mehr unbedingt befassen. Bei Hansi ist das anders. Er steckt noch mitten im Berufsleben. Seine technischen Kenntnisse sind allerdings trotzdem sehr beschränkt. Deswegen hat man uns vermutlich auch Simone an die Seite gestellt, sonst würden wir die Kollegen der IT ununterbrochen nerven. So nerven wir wenigstens nur Simone.

„Also von mir aus kanns losgehen“, sagt sie nach kurzer Zeit.

Wir brechen umgehend auf.

„Hat eigentlich schon jemand die Eltern der jungen Frau informiert?“, frage ich, wobei ich mir ziemlich sicher bin, dass Simone da schon jemanden hingeschickt hat.

Mich wundert nur, dass wir diesen Teil der Aufgaben nicht übernommen haben. Für gewöhnlich sprechen wir selbst gerne mit den Angehörigen, weil man da oftmals einiges erfährt, dass bei der Aufklärung des Falls hilfreich ist.

„Einer unserer Kollegen kennt die Familie und hat das übernommen“, antwortet sie.

Das macht natürlich Sinn, auch wenn ich nicht sicher bin, ob es tatsächlich irgendwas ändert, wenn einem so eine schreckliche Nachricht überbracht wird.

„Und die Eltern wussten nicht, mit wem ihre Tochter den Abend verbringen wollte?“, hake ich nach.

„Nein, die wussten nichts. Allerdings haben sie den Kollegen gesagt, dass ihre Tochter keinerlei Feinde hatte“, antwortet Simone.

„Das sagen doch fast alle Eltern von ihren Kindern“, brummt Hansi.

„Ich habe noch den Namen und die Adresse der besten Freundin von den Kollegen bekommen. Die Mutter unseres Opfers meinte, dass die Freundin alles von ihrer Tochter wusste, weil sie keine Geheimnisse voreinander hatten“, sagt Simone, als wir ins Auto steigen.

„Dann können wir bei der ja auch gleich noch vorbeifahren“, schlage ich vor.

„Liegt sowieso fast auf dem Weg“, stimmt Simone zu.

„Dann haben wir ja für heute schon ein volles Programm“, murmelt Hansi, als er den Motor startet und den Wagen aus dem Parkplatz lenkt.

„Womöglich wissen wir heute Abend ja schon mehr und mit etwas Glück haben wir sogar schon einen Verdächtigen oder gar den Täter.“

Natürlich sind meine Worte mehr Wunschdenken, denn meist löst sich so ein Mord nicht innerhalb von ein paar Tagen. Vor allem nicht, wenn es zu Anfang noch gar keine Hinweise auf den Täter gibt.

7. Kapitel

16. November, mittags halb eins in Straubing

Wir stehen vor der verschlossenen Tür von Moritz Keilmann. Der ist offensichtlich nicht daheim, so dass wir wieder abziehen und uns auf den Weg zu der besten Freundin machen. Dort haben wir mehr Glück, denn die Tür wird uns bereits nach dem ersten Klingeln geöffnet.

„Sind Sie Frau Katharina Hermel?“, frage ich die junge Frau, die uns die Tür geöffnet hat.

„Ja, warum?“, erwidert sie.

„Wir sind von der Kripo Straubing und ermitteln zum Tod von Selina Seiler“, eröffne ich ihr. „Selina ist tot?“, fragt sie mit heiserer Stimme.

Offensichtlich hat sie davon noch nichts mitbekommen. Ihre Miene wirkt schockiert und betroffen. Es dauert nicht lange bis sich Tränen in ihren Augen bilden.

„Es tut uns leid, dass Sie es von uns erfahren müssen“, sage ich entschuldigend.

„Wie ist das denn passiert?“, fragt sie nach einer Weile. „Hatte sie einen Unfall?“

„Die genauen Umstände ihres Todes müssen wir noch ermitteln, aber derzeit deutet alles auf ein Gewaltverbrechen hin“, antworte ich ihr.

Sie runzelt die Stirn und wirkt irritiert.

„Ein Gewaltverbrechen“, murmelt sie fast tonlos. „Was bedeutet das?“

Sie sieht mich fragend an und wie soll ich ihr jetzt nur beibringen, dass ihre Freundin vermutlich ermordet wurde?

„Sie wurde doch nicht umgebracht.“

Nun ist ihre Stimme kaum hörbar. Nur noch ein leises Flüstern.

„Es deutet leider vieles darauf hin.“

Diese Worte fallen mir nicht leicht, weil ich der Frau ansehe, wie betroffen sie von dieser grausamen Nachricht ist. Offensichtlich waren die beiden wirklich sehr gute Freundinnen. Tränen strömen über ihre Wangen und sie schlägt sich die Hand vor den Mund.

„Wer hat ihr denn so etwas Schreckliches angetan?“, schluchzt sie herzzerreißend.

„Wir hoffen, dass Sie uns vielleicht bei der Aufklärung helfen können“, wirft Simone ein.

„Wie könnte ich Ihnen denn dabei helfen?“, hakt sie nach.

„Können wir uns vielleicht drinnen weiter unterhalten?“, fragt Hansi, der nach oben in den Himmel sieht.

Es fängt gerade an zu regnen und so dunkel die Wolken gerade werden, gehe ich davon aus, dass es gleich ziemlich ungemütlich wird.

„Natürlich, kommen Sie herein“, erwidert sie und winkt uns hinter sich her.

Wir folgen ihr in die Wohnung. Dort bietet sie uns einen Platz im Esszimmer an. Es stehen noch Reste vom Mittagessen auf dem Tisch, das eine ältere Frau gerade abräumt. Als sie Frau Hermel sieht, stellt sie das Geschirr sofort auf dem Tisch ab und eilt zu ihr.

„Um Himmels Willen, was ist denn passiert?“, ruft sie besorgt und legt einen Arm um die Schultern der jungen Frau.

Das ist sicherlich die Mutter von Frau Hermel. Wie es aussieht wohnt die junge Frau noch daheim, was angesichts ihres jungen Alters auch nicht verwunderlich ist. Auch das Opfer wohnte noch bei den Eltern.

„Selina wurde ermordet“, sagt sie mit brüchiger Stimme.

„Was?“, ruft die Mutter und sieht uns ungläubig an. „Ist das wahr?“

„Derzeit sieht alles danach aus“, erwidert Simone.

„Setz dich Liebes“, fordert sie ihre Tochter auf. „Und wer sind Sie?“

„Wir sind von der Kripo Straubing und ermitteln in dem Fall“, erklärt ihr Simone.

„Was ist denn passiert?“, fragt die Mutter, während sie ihrer Tochter tröstend den Rücken streichelt.

„Das wissen wir noch nicht genau und wir hoffen, dass Ihre Tochter uns sagen kann, mit wem Frau Seiler sich getroffen hat.“

Bei Simones Worten sieht die junge Frau mit geröteten Augen auf. Sie wischt sich mit dem Handrücken über die feuchten Wangen.

„Sie hat mir erzählt, dass sie jemanden kennengelernt hätte“, antwortet sie.

„Wissen Sie wie der Mann hieß?“, hake ich nach.

„Es war kein Mann“, erwidert die beste Freundin. „Selina stand auf Frauen.“

Das ändert natürlich alles, denn anhand ihrer Verletzungen gehen wir davon aus, dass sie von einem Mann vergewaltigt wurde. Allerdings war es dann wohl keiner, mit dem sie sich verabredet hat. Das bedeutet, sie wurde vermutlich überfallen und dann von ihrem Mörder in den Wald gebracht. Entweder bevor er sich an ihr vergangen und sie dann getötet hat, oder nachdem sie bereits tot war.

„Kennen Sie denn die Frau mit der sich Ihre Freundin getroffen hat?“, hake ich nach.

„Ich habe sie nur einmal kurz gesehen, als diese sie abgeholt hat. Die Beziehung war noch sehr frisch und sie wollten es langsam angehen lassen. Ihr Name ist Matilda.“

Ich kann mich an einen Nachrichtenaustausch zwischen einer Matilda und unserem Opfer erinnern. Allerdings war dieser mehr freundschaftlich. Vielleicht habe ich es aber auch nicht hinterfragt, weil es sich um eine Frau handelte und ich davon ausging, dass es eben nur eine Freundin ist.

„Sie wissen nicht zufällig auch den Nachnamen?“, fragt Simone nach.

Die junge Frau schüttelt den Kopf.

„Könnte Matilda sie umgebracht haben?“, sagt die junge Frau plötzlich mit geweiteten Augen.

„Wir gehen eher davon aus, dass es sich bei dem Täter um einen Mann handelt“, gesteht ihr Simone.

„Woran machen Sie das fest?“, hakt sie mit gerunzelter Stirn nach.

„Es gibt Hinweise darauf, dass Ihre Freundin vor ihrem Tot nicht einvernehmlichen Geschlechtsverkehr hatte“, antwortet Simone zögerlich.

„Sie wurde vergewaltigt?“, ruft die Freundin panisch.

„Es sieht ganz danach aus“, nickt Simone.

„Wer konnte ihr nur so etwas Schreckliches antun?“, murmelt die junge Frau.

„Das versuchen wir herauszufinden“, entgegnet Hansi.

„Ich fürchte, dass ich Ihnen nicht helfen kann.“

So wie es aussieht ist das tatsächlich so. Aber zumindest haben wir wieder einen neuen Hinweis.

Vielleicht kann uns ja die neue Freundin unseres Opfers weiterhelfen. Wir sollten so schnell wie möglich herausfinden, wer diese Matilda ist und sie befragen.

Nachdem wir uns noch eine Weile mit Frau Hermel und ihrer Mutter unterhalten haben, verabschieden wir uns von den beiden. Sie haben leider keine weiteren Hinweise für uns. Einzig über Herrn Moritz Keilmann konnte uns die beste Freundin etwas erzählen. Offensichtlich waren Frau Seiler und Moritz befreundet. Sie hat ihn als möglichen Täter ausgeschlossen, da er ebenfalls homosexuell ist und daher als Vergewaltiger vermutlich eher nicht in Frage kommt.

„Wir sollten herausfinden wer diese Matilda ist", schlägt Hansi vor.

„Unser Opfer hat mit einer Matilda über Whatsapp geschrieben", informiere ich meine Kollegen.

„Es gibt auch eine Matilda bei ihrem Instagram Account", entgegnet Simone.

„Dann dürfte es ja nicht schwierig werden, diese Matilda ausfindig zu machen", sagt Hansi.

„Wir müssen so schnell wie möglich mit ihr sprechen. Vielleicht kann sie uns ja helfen", stimme ich meinen Kollegen zu.

Wir fahren zurück ins Revier, um die Personalien von dieser Matilda in Erfahrung zu bringen.

8. Kapitel

16. November, nachmittags halb drei in Straubing

Wir wissen nun um welche Matilda es sich handelt. Sie heißt Matilda Weimer und wohnt in Straubing bei ihren Eltern. Nach mehrmaligen Versuchen sie telefonisch zu erreichen, versuchen wir es über das Festnetz.

Es dauert nicht lange, bis das Gespräch offensichtlich angenommen wird. Simone fragt nach Matilda Weimer, doch wie es sich anhört, ist sie nicht zu sprechen. Simone drückt auf den Knopf des Lautsprechers und sieht uns mit großen Augen an.

„Jetzt machen Sie mir aber Angst“, sagt die Frauenstimme durch den Lautsprecher. „Warum sucht denn die Polizei nach meiner Tochter?“

„Wir wollten mit ihr sprechen“, entgegnet Simone.

„Ich vermute, dass sie bei ihrer neuen Freundin ist“, erwidert die Frau.

„Meinen Sie Frau Selina Seiler?“, hakt Simone nach.

„Ja genau. Sie verbringen sehr viel Zeit miteinander und vermutlich hat sie bei ihr übernachtet.“

„Das kann nicht sein, denn wir haben Frau Seiler gestern tot aufgefunden“, informiert Simone die Frau.

„Was?“, ruft sie hörbar erschüttert. „Oh mein Gott, ich habe schon versucht sie auf ihrem Telefon anzurufen, aber sie geht einfach nicht ran. Vielleicht ist ihr ja auch etwas passiert.“

„Meldet sich denn Ihre Tochter öfter so lange nicht?“, hakt Simone nach.

„Eigentlich nicht“, antwortet die Frau. „Deswegen mache ich mir ja langsam Sorgen. Vor allem jetzt, da ich das von ihrer neuen Freundin weiß.“

„Wir machen uns jetzt gleich auf die Suche nach ihr“, sagt Simone, nicht nur zu der Mutter, sondern auch zu uns.

„Sagen Sie mir bitte gleich Bescheid, wenn Sie sie gefunden haben“, entgegnet die Mutter hörbar besorgt.

„Das machen wir und in der Zwischenzeit rufen Sie bitte alle Bekannten und Freunde ihrer Tochter an. Vielleicht weiß ja jemand wo sie ist oder hat etwas von ihr gehört.“

„Das mache ich sofort“, erwidert die Mutter, bevor Simone sich von ihr verabschiedet.

Als sie den Hörer aufgelegt hat, sieht sie uns nachdenklich an.

„Ich möchte ja nicht den Teufel an die Wand malen, aber es gefällt mir nicht, dass Frau Weimer nicht erreichbar ist“, sagt sie zu uns.

„Mir auch nicht. Vor allem, da sie nicht einmal bei ihrer Mutter ans Telefon geht“, stimme ich ihr zu.

„Versuchen wir es über die Handyortung“, schlägt Hansi vor.

Simone greift sofort zum Telefon und gibt die Handynummer von Frau Weimer an die Kollegen weiter.

„Danke“, sagt sie zu ihrem Gesprächspartner, bevor sie das Gespräch beendet.

„Der Kollege meldet sich gleich nochmal, sobald er die Ortung durchgeführt hat“, erklärt sie uns.

„Hoffentlich funktioniert das auch“, murmle ich, denn ich weiß mittlerweile, dass diese Ortung nur funktioniert, wenn das Handy auch angeschaltet ist.

Es dauert tatsächlich nicht lange, bis der Kollege zurückruft. Ich bin nicht sicher, ob das ein gutes oder schlechtes Zeichen ist. Aber das werden wir ja gleich erfahren.

„Das ist leider nicht sonderlich hilfreich“, seufzt Simone. „Trotzdem danke.“

Als sie den Hörer auflegt, sieht sie nicht sonderlich zufrieden aus.

„Keine Ortung möglich?“, hake ich nach.

Sie schüttelt den Kopf.

„Das Handy wurde in etwa zur selben Zeit ausgeschaltet, wie das Handy unseres Opfers“, gibt sie die Worte unseres Kollegen wieder.

„Und wo war das Handy zu dieser Zeit?“, hake ich nach.

„Zwei Kollegen sind schon auf dem Weg zu den Koordinaten. Aber das Handy war weder daheim, noch in der Nähe von Frau Seilers Handy“, erklärt Simone.

„Das alles gefällt mir nicht“, murmle ich.

„Ich lasse sie als vermisst ausschreiben“, wirft Simone ein. „Ich bin sicher, dass ihr Verschwinden etwas mit dem Tod unseres Opfers zu tun hat.“

Erneut klingelt unser Telefon und ich habe die Hoffnung, dass der Kollege das Handy doch noch orten konnte. Ich spitze meine Ohren, doch leider kann ich nichts hören. Allerdings wirkt Simones Miene nicht sonderlich hoffnungsvoll oder zufrieden. Als sie das Gespräch beendet und den Hörer auflegt, seufzt sie schwer.

„Die Mutter von Frau Weimer hat gerade angerufen. Sie hat alle Freunde und Bekannte kontaktiert, bei denen ihre Tochter sein könnte. Doch niemand hat sie gesehen, oder etwas von ihr gehört“, erklärt sie uns. „Sie macht sich wirklich sehr große Sorgen.“

„Das wundert mich nicht“, entgegnet Hansi.

Da meine Frau heute Abend noch Besuch eingeladen hat und ich ihr dabei noch etwas beim Vorbereiten helfen muss, verabschiede ich mich von meinen Kollegen und mache mich auf den Heimweg. Außerdem müssen wir jetzt sowieso erst einmal warten, bis Frau Weimer gefunden wird.

Da alle verfügbaren Kollegen auf die Suche angesetzt sind, hoffen wir, dass dies nicht allzu lange dauern wird. Letztendlich haben wir es offensichtlich nicht nur mit einem Mord, sondern womöglich auch noch mit einer Entführung zu tun.

Als ich daheim ankomme, ist meine Frau schon im Stress und flitzt durch die Küche.

Sie empfängt mich mit einem vorwurfsvollen Blick.

„Wo bleibst du denn so lange?“

„Entschuldige, es war ein bisschen viel los bei der Arbeit“, erwidere ich reumütig.

Misstrauisch sieht sie mich an. Offensichtlich glaubt sie mir nicht so richtig. Ich gebe ja zu, dass es mich nicht unbedingt früher nach Hause gezogen hat und das nicht nur, weil ich unbedingt den Mörder unseres Opfers finden möchte, sondern auch, weil ich nicht so erpicht darauf war meiner Frau in der Küche zu helfen.

„Jetzt sag an! Wie kann ich dir helfen?“, frage ich sie.

„Die Kartoffeln müssen noch geschält werden“, antwortet sie.

Als ich mich auf den Weg zur Speisekammer mache, wofür ich die Küche verlassen muss, ruft Rosi mir hinterher.

„Wo willst du denn jetzt hin?“

„Na die Kartoffeln holen“, entgegne ich.

„Du sollst nicht die rohen Kartoffeln schälen, sondern die im Topf“, erklärt sie mir leicht gereizt und deutet mit dem Kopf zum Herd.

Oh verdammt!

Das bedeutet ich muss mir die Finger wieder verbrennen. Meine Frau behauptet ja, dass man heiße Kartoffeln schälen kann, ohne dass man sich Verbrennungen zuzieht. Mir gelingt das allerdings nicht wirklich. Auch wenn ich sie mit der Gabel aufspieße, muss ich immer wieder mit den Fingern ran, weil mir entweder ein Stück abbricht, oder die gesamte Kartoffel zerfällt.

9. Kapitel

18. November, morgens halb neun in Straubing

Dass Handy wurde als letztes in der Nähe eines Waldstücks geortet, doch leider konnte es von den Kollegen dort nicht gefunden werden. Offensichtlich hat es jemand dort zwar ausgeschaltet, doch nicht weggeworfen, so wie der Mörder unseres Opfers es getan hat. Das könnte bedeuten, dass das Verschwinden von Frau Weimer nichts mit dem Tod von Frau Seiler zu tun hat.

„Gibt es schon eine Spur von Frau Weimer?“, frage ich Simone, als ich mit meiner Tasse Kaffee aus der Büroküche zurückkomme.

„Aktuell wissen wir, dass sie am Nachmittag noch mit einem Bekannten in einem Cafe war, bevor sie sich mit unserem Opfer am Abend treffen wollte“, erklärt Simone.

„Weiß der Bekannte denn auch wo sie am Abend verabredet waren?“, hake ich nach.

„Er wusste nur, dass sie tanzen gehen wollten, aber leider nicht in welche Diskothek.“

„So viele Diskotheken wird es ja wohl nicht geben, wo sich die jungen Leute heutzutage treffen oder?“, erwidere ich.

„Es sind schon einige, aber das Problem ist nicht, dass wir diese alle abklappern, sondern dass sich jemand wirklich an die beiden erinnert", wirft Hansi nachdenklich ein.

„Ja, in Diskotheken wimmelt es nur so von Leuten, die sich gegenseitig nur wenig Beachtung schenken, mal vom üblichen Paarungsgehabe abgesehen", brummt Simone.

Seufzend stoße ich den Atem aus. Dieser Fall entwickelt sich gerade zu einem, der mir wohl nicht in sehr guter Erinnerung bleiben wird. Trotzdem gebe ich die Hoffnung nicht so schnell auf. Mit etwas Glück wurden sie ja doch zusammen gesehen.

„Wenn sie abends gemeinsam in der Disko waren, hat ihnen vielleicht der Täter aufgelauert", sagt Hansi nachdenklich.

„Dann hat er sie vielleicht entführt, vergewaltigt und Frau Seiler anschließend auch noch getötet", murmelt Simone.

„Aber ein Täter und zwei Opfer", werfe ich zögerlich ein. „Natürlich waren die zwei jungen Frauen nicht gerade Muskelprotze, aber zu zweit hätten sie sich doch gegen einen Mann zur Wehr setzen können."

„Vielleicht hat er sie betäubt", entgegnet Hansi.

„Oder ihnen gar etwas ins Glas getan."

Bei Simones Worten runzle ich die Stirn.

„Das ist natürlich gut möglich. Aber warum hat er dann Frau Seiler getötet und Frau Weimer nicht?"

Bei Hansis Frage zuckt Simone die Schultern.

„Außerdem hat Rudi keine Rückstände eines Betäubungsmittels gefunden“, gebe ich zu bedenken.

„Vielleicht hat Frau Seiler es doch geschafft sich zu wehren und deswegen hat der Täter sie umgebracht“, sagt Simone.

„Oder Frau Weimer ist auch schon tot und wir haben sie nur noch nicht gefunden“, murmelt Hansi.

„Das wäre natürlich die schlimmste Möglichkeit von allen“, seufzt Simone.

„Vielleicht malen wir ja zu schwarz und Frau Weimer ist wohlauf“, werfe ich ein, um ein kleines bisschen Hoffnung zu verbreiten. „Womöglich haben die beiden sich ja einfach gestritten und Frau Weimer nimmt sich eine Auszeit.“

„Dann hätte sie doch zumindest ihre Eltern informiert“, entgegnet Hansi.

„Hoffen können wir doch“, erwidere ich und werfe ihm einen tadelnden Blick zu.

Nach stundenlanger Arbeit mit allen möglichen Einsatzkräften haben die Kollegen wenigstens einen Augenzeugen gefunden. Dieser ist gerade auf dem Weg zu uns, damit wir seine Aussage aufnehmen können.

Er hat offensichtlich die beiden Frauen in einer Disko, deren Name ich nicht mehr weiß, gesehen. Simone hat sich den Namen des Etablissements schon notiert. Auf sie ist einfach Verlass und sie verliert nie den Überblick. Genau genommen wären Hansi und ich ohne sie ganz schön aufgeschmissen. Was wir natürlich niemals zugeben würden.

Als die Kollegen den Zeugen in unser Büro bringen, schiebe ich dem jungen Mann einen Stuhl zurecht. Er wirkt nicht nervös oder irritiert. Ich schätze ihn auf Ende dreißig. Seine dunklen Haare sind etwas licht und er ist nicht sonderlich hübsch. Der kleine Bauchansatz zeigt, dass er dem Essen zugetan ist, was ich natürlich absolut verstehen kann. Allerdings ist er mir auf Anhieb nicht sonderlich sympathisch, was nicht unbedingt etwas zu bedeuten hat.

Sein Verhalten macht ihn jedoch nicht wirklich verdächtig, wenngleich sein Aussehen schon dazu verleitet, dass er zu jenen Männern gehört, die es bei Frauen nicht so leicht haben. Daher könnte man schon den Gedanken haben, dass er sich womöglich mit Gewalt nimmt, was ihm verwehrt bleibt.

Da er jedoch völlig ruhig rüberkommt, ist er entweder verdammt abgebrüht, oder tatsächlich unschuldig. Außerdem hätte er sicherlich nicht zugegeben, dass er die beiden Frauen an dem Abend gesehen hat, wenn er mit dem Tod von Frau Seiler und dem Verschwinden von Frau Weimer etwas zu tun hätte.

Simone legt die Fotos der beiden Frauen vor dem Zeugen auf den Tisch, nachdem sie seine Personalien aufgenommen hat.

„Sie haben diese beiden Frauen also vergangenen Donnerstagabend gesehen?“

Bei ihrer Frage wirft er einen Blick auf die Fotos und nickt anschließend.

„Ja, das habe ich. Sie waren neben mir an der Bar und haben rumgeknutscht“, antwortet er.

Vermutlich haben sie deswegen seine Aufmerksamkeit auf sich gezogen. Ich habe mir sagen lassen, dass es einige Männer erotisch finden, wenn zwei Frauen sich küssen. Nicht, dass ich zu diesen Männern gehören würde!

Für mich ist das noch immer etwas befremdlich, auch wenn ich finde, dass ich für mein Alter wirklich sehr offen mit solchen Situationen umgehe. Andere Männer in meinem Alter sind da viel konservativer. Aber ich habe eine sehr liberale Einstellung.

„Wie lange waren die beiden dort?“, hake ich nach.

„Bis kurz nach Mitternacht“, antwortet er.

„Das wissen Sie noch so genau?“, fragt Simone.

„Ja, weil ich anschließend ebenfalls nach Hause gegangen bin.“

„Dann haben Sie mit den beiden Frauen die Diskothek verlassen?“

Bei Hansis Frage schüttelt er den Kopf.

„Nein, ich habe meinen Drink noch geleert und bin dann gegangen.“

„Haben Sie mit den beiden Frauen auch gesprochen?“

Er schüttelt den Kopf.

„Und Sie sind sicher, dass sie diese beiden Frauen gesehen haben?“, frage ich eindringlich.

„Ganz sicher. Die beiden sind wirklich hübsch. Solche Frauen vergisst man nicht. Zu schade, dass sie vom anderen Ufer sind“, antwortet er seufzend. „Was haben die beiden eigentlich angestellt, dass sie auf der Suche nach ihnen sind?“

„Sie haben nichts angestellt. Eine von ihnen ist tot und die andere vermisst“, eröffnet ihm Hansi.

„Tot?“, fragt er atemlos.

Nacheinander sieht er uns an und als wir alle zustimmend nicken, schluckt er schwer.

„Sie denken doch aber jetzt wohl nicht, dass ich etwas damit zu tun habe?“, fragt er nach kurzer Bedenkzeit.

Die Frage können wir ihm nicht direkt beantworten, also gibt ihm Simone nur eine schwammige Ausrede.

10. Kapitel

18. November, nachmittags halb vier in Straubing

Da uns der Augenzeuge auch nicht wirklich nützliche Informationen geben konnte, suchen wir nun weiter nach Hinweisen auf den Verbleib von Frau Weimer. Natürlich arbeiten wir auch an dem Mord von Frau Seiler, doch letztendlich schreit alles geradezu danach, dass die Entführung mit dem Mord zusammenhängt.

„Für mich ist der Zeuge von heute Morgen ja noch nicht als Verdächtiger ausgeschieden. Immerhin hat er zugegeben, dass er etwa zur selben Zeit die Disko verlassen hat, wie die beiden Frauen. Vielleicht ist er ihnen ja gefolgt“, murmelt Simone nachdenklich. „Immerhin hat er keinen Hehl daraus gemacht, dass sie ihm gefallen haben.“

„Aber dann hätte er doch niemals bei uns ausgesagt“, entgegnet Hansi kopfschüttelnd.

„Seine überraschte Reaktion, als wir ihm von dem Mord und der Entführung erzählt haben, war meiner Meinung nach nicht gespielt“, stimme ich Hansi zu.

„Verdammt, das Mädchen muss doch irgendwo zu finden sein“, flucht Hansi.

„Die Mutter von Frau Weimer hat schon wieder angerufen. Sie ist krank vor Sorge“, erklärt Simone. „Auch sie und ihr Mann suchen ununterbrochen nach ihrer Tochter, in dem sie alle Bekannten und Verwandten abtelefonieren. Selbst jene, die schon lange keinen Kontakt mehr zu ihrer Tochter hatten.“

„Die Eltern tun mir so leid“, seufze ich. „Alleine die Vorstellung ein Kind auf diese Weise zu verlieren, muss schrecklich sein.“

Natürlich ist es auch furchtbar, dass das andere Mädchen tot aufgefunden wurde. Aber zumindest können die Eltern von Frau Seiler abschließen und trauern. Selbst wenn Eltern den Tod eines Kindes vermutlich nie ganz verkraften werden, muss es schlimmer sein, wenn man nicht weiß, was mit dem Kind passiert ist, welchen Qualen es womöglich ausgesetzt ist.

Wir müssen sie finden!

Als es an der Tür klopft und eine junge Kollegin den Kopf hereinsteckt, lässt mich ihre Miene hoffen.

„Gerade hat eine junge Frau angerufen, die vor der Diskothek etwas gesehen hat“, informiert sie uns.

„Etwas das mit unserem Mord und der möglichen Entführung zu tun hat?“, hake ich nach.

„Offensichtlich hat sie die Entführung beobachtet.“

„Dann müssen wir sofort mit ihr sprechen“, ruft Simone aufgebracht.

„Ich habe sie natürlich gleich herbestellt“, erwidert die Kollegin. „Sie ist schon auf dem Weg und sollte jeden Moment eintreffen. Ihr Name ist Anna Kröninger.“

„Wenn sie da ist, gibst du uns sofort Bescheid!“, fordert Hansi sie auf.

„Ich bringe sie gleich zu euch“, versichert sie, bevor sie die Tür hinter sich wieder schließt.

„Dafür benötige ich noch eine Tasse Kaffee“, seufzt Hansi und steht auf.

„Gute Idee, ich nehme auch einen“, stimme ich ihm zu.

Hansi sieht zu Simone, die ihm mit einem Lächeln ebenfalls zunickt.

„Alles klar, ich spiele die Bedienung für euch“, witzelt Hansi, bevor er unser Büro verlässt.

„Dann hatten wir wohl mit unserer Vermutung recht“, sagt Simone, als wir alleine sind.

„Mal sehen, was die Frau sagt, aber so wie es derzeit aussieht, wurden sie tatsächlich entführt.“

Mit gerunzelter Stirn sieht Simone mich an.

„Hoffentlich hat der Entführer nicht auch noch Frau Weimer getötet.“

Seufzend stößt Simone den Atem aus. Die Ungewissheit belastet sie sichtlich.

Gerade als Hansi mit dem Kaffee zurück ist, bringt die Kollegin Frau Kröninger in unser Büro.

„Möchten Sie auch eine Tasse Kaffee?“, frage ich sie, nachdem wir uns vorgestellt haben.

„Sehr gerne“, erwidert sie und ich werfe Hansi einen auffordernden Blick zu.

Seine Miene spricht Bände. Er fühlt sich offensichtlich als Laufbursche ausgenutzt. Dennoch erhebt er sich seufzend von seinem Stuhl und verlässt erneut das Büro. Glücklicherweise ist die Büroküche nicht weit von unserem Büro entfernt, so dass er gleich wieder hier sein sollte.

„Können Sie uns erzählen, was Sie gesehen haben?“, fragt Simone die junge Frau.

„Ich war gerade draußen, um eine zu rauchen, als ich gesehen habe, wie Selina und ihre Freundin in ein Auto gestiegen sind“, erklärt sie.

„Kennen Sie Frau Seiler und Frau Weimer?“, hake ich nach.

„Nur Selina Seiler, sie ist mit mir in die Schule gegangen“, antwortet sie.

„Sind sie freiwillig eingestiegen, oder machte es den Eindruck, als wären Sie dazu gezwungen wurden?“

Noch bevor Frau Kröninger die Frage beantworten kann, kommt Hansi mit dem Kaffee zurück. Er überreicht die Tasse an Frau Kröninger und setzt sich anschließend wieder an seinen Platz. Währenddessen wirft er mir einen finsteren Blick zu.

„Danke“, murmelt sie, bevor sie antwortet. „Es wirkte nicht so, als wären sie dazu gezwungen worden.“

„Sie haben sich nicht zufällig das Kennzeichen des Autos gemerkt?“, hake ich nach.

„Ich weiß nur noch, dass es eine Straubinger Autonummer war und die Zahl war neunundzwanzig. Das weiß ich noch, weil es mein Geburtstag ist. Allerdings kann ich mich nicht an die Buchstaben dazwischen erinnern.“

„Automarke und Farbe?“, hakt Hansi nach. „Können Sie sich daran erinnern?“

„Es war definitiv ein dunkler Benz. Ich dachte mir noch, dass die beiden Frauen sicher auf einen alten Sack in einem Bonzenauto reinfallen“, antwortet sie abrupt.

„Woher wissen Sie, dass wir überhaupt nach den beiden suchen?“, frage ich misstrauisch nach, denn Frau Kröninger hat sich von sich aus gemeldet und wurde nicht von unseren Kollegen bei der Suche nach Zeugen befragt.

„Ich habe von Selinas Tod erfahren und auch, dass die Polizei nach Zeugen sucht“, erwidert sie. „Da ich sie an jenem Abend gesehen habe, dachte ich, es wäre eine gute Idee mich bei der Polizei zu melden.

„Das war sogar eine sehr gute Idee“, stimmt Simone ihr zu.

„Haben Sie denn gesehen, wer in dem Auto gesessen hat, in das die beiden Frauen eingestiegen sind?“, fragt Hansi.

„Nein, dafür war es zu dunkel. Außerdem habe ich das Auto nur von hinten gesehen.“

Sie nimmt einen Schluck aus ihrer Kaffeetasse. Zumindest haben wir nun einen Anhaltspunkt und wir werden anhand der Beschreibung von Frau Kröninger das Auto finden, in das die beiden jungen Frauen am Tatabend gestiegen sind. Wenn wir das Auto haben, dann haben wir auch die Person, die den Wagen gefahren hat.

Auch wenn es sich dabei nicht um den Täter handelt, wäre diese Person die letzte, die die beiden Frauen zuletzt gesehen hat. Diese Person könnte uns sagen, wo er die beiden Frauen abgesetzt hat und uns somit wieder einen großen Schritt näher an die Lösung des Falls bringen. Womöglich haben wir es dann auch gleich mit dem Täter zu tun.

Als wir alle unsere Fragen an Frau Kröninger gestellt, und uns nochmal für ihre Hilfe bedankt haben, entlassen wir sie aus der Befragung. Ich leere meine Kaffeetasse und werfe einen Blick zur Uhr. Das könnte ein langer Abend werden!

11. Kapitel

19. November, morgens halb neun in Straubing

Wir haben nun alle möglichen Kfz-Zulassungen, die mit den Angaben von Frau Kröninger übereinstimmen, zusammengetragen.

„Hoffentlich finden wir schnell heraus, wer die beiden jungen Frauen mitgenommen hat“, sagt Simone, während wir uns auf dem Weg zur ersten Adresse befinden.

Ein paar unserer Kollegen helfen uns bei der Suche und übernehmen einen Teil der Fahrzeughalter. Schon bei der ersten Adresse haben wir Glück und eine junge Frau öffnet uns die Haustür. Das besagte Auto steht sogar in der Auffahrt, also haben wir vermutlich sogar Glück und der Fahrzeughalter ist anwesend.

„Guten Morgen, wir sind von der Kripo Straubing und müssten den Halter dieses Fahrzeugs sprechen“, informiert Simone die junge Frau vor uns und deutet auf das Auto.

„Der Wagen gehört meinem Vater“, entgegnet sie. „Er ist gerade beim Frühstück. Kommen Sie herein!“

Sie führt uns in die Küche, wo ein Mann Ende fünfzig mit seiner Frau am Tisch sitzt und sein Frühstück einnimmt.

„Die Leute sind von der Kripo und möchten mit dir sprechen, Papa“, informiert die junge Frau ihren Vater.

„Die Kripo?“, fragt er ungläubig. „Was will denn die Kripo von mir?“

„Waren Sie vergangenen Donnerstag, den 14. November abends mit dem Auto unterwegs, das in Ihrer Einfahrt steht?“, fragt ihn Hansi.

Er sieht seine Frau fragend an.

„Das Treffen mit Erich und Gertraud war nicht am Donnerstag oder?“

Seine Frau schüttelt den Kopf.

„Nein, das war schon am Mittwoch. Am Donnerstag waren wir daheim“, entgegnet sie.

„Kann das noch jemand bestätigen?“, hake ich nach.

„Ja, ich war auch daheim“, wirft die Tochter ein. „Mein Papa hat mir bei der Vorbereitung auf mein Examen geholfen.“

„Was studieren Sie denn?“, fragt Simone.

„Jura“, antwortet sie.

Das muss dann wohl vorerst als Alibi reichen. So wie es aussieht ist dieser Mann nicht unser gesuchter Mercedesfahrer. Es sei denn, sie haben uns alle drei angelogen. Allerdings lässt sich leicht nachprüfen, ob die Tochter tatsächlich Jura studiert und demnächst ihre Prüfungen hat. Ich glaube nicht, dass sie sich so schnell etwas ausgedacht haben und das auch noch übereinstimmend. Keiner der drei wirkte dabei nicht aufrichtig oder nervös.

Wir verabschieden uns von der Familie und machen uns auf zur nächsten Adresse. Dort haben wir allerdings nicht so viel Glück. Die Tür bleibt verschlossen. Seufzend stoße ich den Atem aus und sehe meine Kollegen an.

„Probieren wir es bei der nächsten Adresse“, sagt Hansi schulterzuckend und wendet sich ab.

„Wir brauchen gar kein Auto“, wirft Simone ein. „Es ist nur eine Querstraße.“

Misstrauisch sehe ich Simone an. Sie hat oftmals eine ganz andere Vorstellung von kurzen Wegen, als ich das habe. Für sie ist ein fünf Kilometermarsch nur ein kleiner Spaziergang, für mich grenzt es schon an eine Wanderung.

„Es ist wirklich nicht weit“, versichert sie, als sie mein Zögern bemerkt.

Tatsächlich hat sie nicht geschwindelt, denn nur wenige Minuten später kommen wir bei der nächsten Adresse an. Erneut drückt Simone den Klingelknopf und nun haben wir mehr Glück.

Als sich die Haustür öffnet, steht ein Mann, schätzungsweise Anfang vierzig, vor uns.

„Guten Tag“, sagt er zu uns und das verrät sofort, dass er kein Hiesiger ist.

Ohne, dass er auch noch ein weiteres Wort sagen muss, ist mir klar, dass er kein Bayer ist.

Simone stellt uns vor und fragt ihn nach dem Benz, den wir suchen.

„Ja, ich habe ein solches Auto“, stimmt er zu.

„Können Sie uns sagen, wo Sie am Abend des 14. Novembers waren?“, frage ich ihn.

Er runzelt die Stirn.

„Das war letzten Donnerstag oder?“, entgegnet er.

„Ja genau“, stimmt Simone zu.

„Da war ich mit meiner Frau beim Abendessen, weil wir Hochzeitstag hatten“, erwidert er.

„Gibt es dafür Zeugen?“

„Ja, meine Frau“, entgegnet er schulterzuckend.

„Und außer Ihrer Frau?“

Bei meiner Frage sieht er mich irritiert an.

„Da es unser Hochzeitstag war, waren wir alleine beim Essen.“

„Wie lange waren Sie beim Abendessen?“, hakt Simone nach.

„Wir waren gegen zehn Uhr wieder daheim“, antwortet er.

Dann hilft es uns auch nichts, wenn wir einen Kellner im Restaurant finden, der die Anwesenheit des Ehepaars bezeugen kann, denn zum Zeitpunkt der Entführung waren die beiden sowieso nicht mehr im Restaurant. Also fällt dieses Alibi flach. Das bedeutet, einzig die Ehefrau kann das Alibi dieses Mannes bestätigen und wir wissen ja alle, dass Alibis von Ehepartnern nicht immer der Wahrheit entsprechen.

„Warum wollen Sie das alles eigentlich von mir wissen?“, hakt der Mann nach.

„Wir ermitteln zu einem Verbrechen, bei welchem ein Auto wie das Ihre involviert war“, erklärt ihm Simone.

„Sie denken, ich hätte ein Verbrechen begangen?“, ruft er aufgebracht.

„Wir müssen nur überprüfen, ob Sie als Täter in Frage kommen“, erwidert Simone.

„Was werfen Sie mir eigentlich vor?“

„Das werden wir besprechen, falls Sie für uns ein Verdächtiger sind“, sage ich.

„Und wie kann ich verhindern, dass ich als Verdächtiger ende?“, fragt er und sieht uns mit großen Augen an.

„Am besten wäre, wenn Sie beweisen könnten, dass Ihr Auto gegen Mitternacht hier war“, antworte ich ihm.

„Kommen Sie mit!“, fordert er uns auf und drängt sich anschließend an uns vorbei.

Überrascht sehen wir uns an, bevor ich meine Schultern zucke und ihm folge. Meine Kollegen tun es mir gleich und der Weg ist nicht weit. Der Mann überquert die Straße und klopft direkt gegenüber an die Haustür.

„Was machen wir hier?“, frage ich zögerlich.

„Vielleicht bekomme ich hier ein Alibi, welches gut genug für Sie ist“, antwortet er und wirft mir einen vorwurfsvollen Blick zu.

Ein junger Mann öffnet die Tür und sieht ziemlich müde aus. Fast so, als wäre er gerade aus dem Bett gefallen.

„Guten Morgen Jonas“, begrüßt ihn unser Benzfahrer. „Entschuldige, dass wir dich schon so früh wecken, aber ich habe eine Frage. Als ich letzten Donnerstag mit meiner Frau von unserem Essen zum Hochzeitstag zurückgekommen bin, hast du uns da gesehen.“

„Ja, ich habe euch gesehen“, stimmt er ihm zu.

„Kannst du den Leuten sagen, wo mein Auto den Rest der Nacht war?“, fragt ihn der Benzfahrer.

„Ja, es stand vor deiner Garage“, antwortet er.

„Woher wissen Sie das so genau?“, hake ich nach.

„Unsere Kleine zahnt und macht die Nächte zum Tag. Weswegen ich auch gerade noch geschlafen habe“, sagt er mit leichtem Vorwurf in der Stimme.

Wie es aussieht nimmt er es uns etwas übel, dass wir ihn geweckt haben.

„Sie waren die ganze Nacht wach?“, hakt Simone misstrauisch nach.

„Nicht die ganze, aber etwa im halbe Stunden Takt. Ich saß mit der Kleinen in einem Schaukelstuhl in unserem Wintergarten. Vor dort aus hatte ich einen direkten Blick auf das Auto. Es wäre mir wohl aufgefallen, wenn es bewegt worden wäre“, erklärt er.

Das Alibi ist zwar nicht perfekt, kommt aber schon nahe dran. So wie es aussieht ist dieser Mann auch nicht unser gesuchter Benzfahrer.

12. Kapitel

19. November, vormittags halb elf in Straubing

Wir sind wieder zurück im Revier und alle Benzfahrer, die wir befragt haben, konnten uns überzeugen, dass sie in jener Nacht nicht mit dem Auto bei der Diskothek waren. Jetzt können wir nur noch darauf hoffen, dass unsere Kollegen erfolgreicher waren.

Nach und nach trudeln allerdings die Nachrichten ein, dass kein Fahrzeughalter auf der Liste auf den ersten Blick als Verdächtiger in Frage kommt. Natürlich gibt es einige, deren Alibis etwas vage sind und bei denen versuchen wir jetzt eine Verbindung zu den Opfern herzustellen.

Wenn allerdings keine besteht, liegt es nahe, dass auch diese Personen nicht unsere Täter sind. Natürlich überprüfen wir auch alle, in den Haushalten der Fahrzeughalter lebenden Personen, ob da irgendeine Verbindung besteht. Immerhin wird ein Fahrzeug meistens von mehreren Familienmitgliedern genutzt.

All diese Überprüfungen dauern eine gefühlte Ewigkeit. Glücklicherweise müssen wir das nicht alles alleine machen. Die Kollegen gehen uns zur

Hand, was wahrscheinlich die einzige Möglichkeit ist, überhaupt schnelle Ergebnisse zu erzielen. Immerhin bin ich in digitalen Nachforschungen nicht sonderlich gut und wenn ich das mal behaupten darf, ist Hansi nur unwesentlich besser. Einzig Simone ist fit in diesen Sachen und erzielt schnelle und brauchbare Ergebnisse. Bei Hansi und mir ist es mehr so ein wirres Stochern in unbekannten Gewässern.

„Das ist doch alles für die Katz“, flucht Hansi nach einer Weile frustriert und lehnt sich in seinem Schreibtischstuhl zurück.

Wie es aussieht wirft er gerade das Handtuch.

„Was haltet ihr davon, wenn wir eine Pause einlegen und etwas essen gehen?“, schlage ich vor.

„Das ist eine hervorragende Idee“, stimmt Hansi sofort zu.

„Ich könnte auch eine Pause brauchen“, seufzt Simone.

„Dann lasst uns gehen!“, erwidere ich. „Mein Magen knurrt schon.“

Wir verlassen das Revier und gehen in ein Restaurant ganz in der Nähe. Hier essen wir öfter, denn die Küche ist gut und die Mittagskarte bezahlbar. Außerdem ist die Wartezeit kurz und da mein Magen schon bis zu meinen Kniekehlen hängt, kommt mir das gerade recht.

Tatsächlich haben wir nicht einmal eine halbe Stunde später unser Essen. Wie erwartet schmeckt es köstlich, was vielleicht auch ein wenig daran liegt, dass ich vor Hunger fast sterbe.

„Ich werde das Gefühl nicht los, dass irgendwas faul ist“, murmelt Simone, während sie in ihren Nudeln herumstochert und dabei die Stirn runzelt.

„Meinst du das Essen?“, hakt Hansi nach, während er den Mund voll hat.

Manchmal lassen seine Manieren wirklich zu wünschen übrig. Ganz abgesehen davon, dass es oft wirklich etwas dauert, bis er was schnallt.

„Sie redet von unserem Fall“, sage ich und werfe ihm dabei einen tadelnden Blick zu.

„Woher soll ich das denn wissen“, entgegnet er schnippisch. „Könnte ja auch sein, dass ihr Essen faulig schmeckt.“

Ich verkneife mir ein Augenrollen und sehe zu Simone.

„Was genau meinst du damit?“

Sie zuckt die Schultern.

„Ich kann es nicht genau benennen, aber irgendwie ist es doch komisch, dass wir, obwohl wir fast das ganze Kennzeichen und die Automarke wissen, den Fahrer des Wagens nicht ausfindig machen können“, erklärt sie.

„Ja, ich komme mir auch vor, wie ein Hamster in seinem Rad. Wir laufen und laufen und kommen doch nicht vom Fleck“, stimme ich ihr zu.

„Vielleicht haben ja die Kollegen bei den Ermittlungen mehr Glück“, wirft Hansi ein.

„Ja vielleicht“, murmelt Simone abwesend.

„Wir werden den Täter schon finden“, sage ich beruhigend zu Simone.

„Hoffentlich bevor er die zweite Frau auch noch umbringt“, murmelt sie.

„Isst du das noch?“, fragt Hansi Simone und deutet mit seiner Gabel auf ihren Teller.

Da behauptet meine Frau immer, dass ich ein Vielfraß bin, dabei ist Hansi der weitaus Schlimmere.

„Nein, du kannst es gerne haben“, erwidert sie und schiebt den Teller in Hansis Richtung.

Er greift beherzt zu. Manchmal frage ich mich wo er das alles unterbringt und warum er noch immer so dünn ist. Wenn ich das alles essen würde, wäre ich vermutlich schon kurz vorm Platzen.

„Ihr könnt sagen was ihr wollt, aber ich glaube, dass wir auf einer völlig falschen Spur sind.“

Offensichtlich lässt das Thema meine Kollegin nicht los. Es beschäftigt sie sehr, sogar jetzt, da wir überhaupt nicht im Büro sind.

„Dann hätte die Zeugin uns ja angelogen“, entgegne ich.

Leider fällt mir der Name der Frau nicht mehr ein, die uns die Geschichte mit dem Benz erzählt hat. Es gibt keinen nachvollziehbaren Grund, warum sie uns hätte anlügen sollen. Es sei denn, sie hätte etwas mit der Entführung und dem Mord zu tun.

Allerdings gibt es zwischen der Zeugin und unseren Opfern keine Verbindung, abgesehen von ihrer gemeinsamen Schulzeit, doch da waren sie noch kleine Kinder. Zumindest keine, die wir hätten finden können, denn wir haben danach gesucht. Außerdem wurde Selina Seiler vergewaltigt und zwar von einem Mann. Daher haben wir eine weibliche Täterin bereits ausgeschlossen.

„Warum hätte sie das tun sollen?“, murmelt Hansi mit vollem Mund.

„Wie lange willst du eigentlich noch essen?“, frage ich ihn vorwurfsvoll.

„Du bist ja nur neidisch, weil du nichts von Simones Essen abbekommen hast“, brummt er.

„Meine Portion hat mir völlig gereicht“, entgegne ich.

„Ist ja ganz was Neues, dass dir eine Portion reicht.“

Bevor Hansi sich eine weitere Gabel Nudeln in den Mund schiebt grinst er mich schelmisch an. Lachend schüttle ich den Kopf. Manchmal ist er wirklich kindisch.

„Aber jetzt nochmal zurück zu unserem Fall. Angenommen Frau Kröninger hat uns wirklich angelogen. Was können wir tun, um herauszufinden, wie der Abend wirklich verlaufen ist?“

Frau Kröninger!

Das war der Name der Zeugin!

Das unterscheidet unsere junge, engagierte Kollegin von Hansi und mir. Sie vergisst die Namen nicht, oder bringt sie gar durcheinander. Mir hingegen unterlaufen schon ab und an solche Fehler. Auch Hansi ist nicht unfehlbar. Doch Simone scheint gegen Fehler absolut immun zu sein.

„Wenn wir nach all unserer Recherche keinen Verdächtigen unter den Fahrzeughalter finden, dann bleibt uns nichts anderes übrig, als weiter Fragen zu stellen, bis irgendwann jemand dabei ist, der Informationen für uns hat, die uns weiterbringen“, schlage ich vor.

„Und wir nehmen uns diese Frau Kröninger nochmal vor“, erwidert Simone.

Ich kann mich ja irren, aber irgendwie habe ich den Eindruck, als hätte Simone etwas gegen die Frau.

„Du kannst sie nicht leiden oder?“, hake ich nach.

Simone schüttelt den Kopf.

„Die Frau hat etwas an sich, das mir vollkommen widerstrebt. Das ist mir schon bei der ersten Begegnung aufgefallen, doch da dachte ich noch, dass sie eine wichtige Zeugin für uns ist. Sollte sie uns allerdings angelogen haben, dann knöpfe ich sie mir vor.“

13. Kapitel

19. November, nachmittags halb drei in Straubing

Nun haben wir Gewissheit. Fast das ganze Revier war an der Recherche zu den Benz-Fahrzeughaltern beteiligt und absolut keiner von denen kommt als Täter in Frage. Zumindest nicht nach unserem derzeitigen Ermittlungsstand. Auch die Haushaltsangehörigen der Fahrzeughalten haben keine Verbindung zu den beiden Frauen, oder auch nur zu einer von ihnen.

Letztendlich muss ich Simone Recht geben. Ich glaube die Zeugin hat uns angelogen!

„Ich bestelle die Kröninger auf der Stelle ins Revier!“, sagt Simone sichtlich wütend, während sie zum Telefon greift.

Ich habe meine Kollegin schon lange nicht mehr so aufgebracht gesehen. So wie es aussieht setzt ihr der Fall ganz schön zu. Wobei ich davon ausgehe, dass es vor allem um Frau Weimer geht. Die Ungewissheit über den Verbleib der jungen Frau macht uns alle ziemlich fertig. Doch Simone ist in dieser Hinsicht besonders feinfühlig.

Nach kurzer Zeit entlässt Simone ein Knurren.

„Sie geht nicht ans Telefon“, brummt sie grimmig.

„Vermutlich hat sie sich schon abgesetzt“, sagt Hansi amüsiert.

Simones Kopf schnellt in die Höhe und sie starrt ihn irritiert an. Offensichtlich hat sie den Sarkasmus in seiner Stimme nicht herausgehört.

„Das war Spaß“, verbessert er sich. „Ich glaube nicht, dass sie einen Grund hat zu flüchten. Sie ist sicherlich nicht die Täterin.“

„Vielleicht schützt sie aber den Täter“, erwidert Simone.

„Du glaubst wirklich, dass sie mit ihrer Aussage versuchte uns auf eine falsche Spur zu führen?“, hakt Hansi nach und sieht Simone mit zusammengezogenen Augenbrauen misstrauisch an.

Sie stößt den Atem aus und entlässt einen genervten Laut.

„Ich weiß es nicht. Aber dass irgendwas faul ist, da bin ich völlig sicher.“

Als das Telefon klingelt, nimmt Simone fast panisch das Gespräch an. Vermutlich hofft sie, dass Frau Kröninger zurückruft. Doch als Simone betrübt ihre Augen schließt und kaum merklich den Kopf schüttelt, ist mir klar, dass sich ihre Hoffnung nicht erfüllt hat.

„Wir fahren sofort hin“, sagt sie nach einer Weile und ihre Stimme ist dabei seltsam bedrückt. „Danke.“

Sie legt den Hörer auf und ihre Miene spricht Bände. Es muss etwas Schreckliches passiert sein.

„Was ist los?“, frage ich sie, als sie schweigend tief durchatmet.

„Im Kofferraum eines dunkelblauen Benz wurde eine Frauenleiche gefunden“, antwortet sie nach kurzem Zögern.

„Oh nein“, murmle ich tief betroffen.

Auch wenn wir es noch nicht mit Sicherheit wissen, müssen wir davon ausgehen, dass es sich bei dem Opfer um unsere vermisste Frau Weimer handelt. Sogar das Auto passt offensichtlich zu der Beschreibung der Augenzeugin.

„Ich habe es geahnt.“

Simones Stimme ist nicht mehr als ein Flüstern. Man sieht ihr deutlich an, dass ihr dieser Fall mehr zusetzt, als Mordfälle dies gewöhnlich tun.

Kurz darauf kommen wir am Fundort der Leiche an. Auch Rudi ist schon da. Ich sehe seinen Rücken. Er beugt sich gerade über den geöffneten Kofferraumdeckel, vermutlich um die Leiche der jungen Frau zu untersuchen.

Ich sehe wie Simone kurz innehält, bevor sie ihre Schultern strafft und zielstrebig auf Rudi zugeht. Bevor sie überhaupt etwas zu Rudi sagt, wirft sie einen Blick über Rudis Schulter. Als er sie bemerkt, tritt er einen Schritt zur Seite, sieht sich zu uns um und begrüßt uns. Während Hansi und ich den Gruß erwidern, starrt Simone in den Kofferraum.

Ich muss nicht hineinsehen, um zu wissen, dass es sich bei dem Opfer tatsächlich um Frau Weimer handelt. Simones Befürchtung ist also eingetreten. Allerdings ist jetzt auch erwiesen, dass uns Frau Kröninger nicht angelogen hat. Dieser dunkelblaue Benz passt genau zu ihrer Beschreibung. Ich werfe einen Blick auf das Kennzeichen, doch das fehlt. Jemand hat es abgenommen.

„Fehlt vorne auch das Kennzeichen?“, frage ich einen Kollegen, der in der Nähe steht.

Ich bin sicher, dass er bereits alle Informationen um den Tatort notiert hat.

„Ja, wir haben keine Kennzeichen gefunden. Auch nicht in der Umgebung“, antwortet er.

„Das habe ich befürchtet“, murmle ich nachdenklich.

Als ich mich wieder dem Kofferraum zuwende, steht Simone noch immer wie versteinert da und kann den Blick nicht abwenden. Nun bleibt mir nichts anderes mehr übrig. Der Anblick bleibt mir wohl nicht erspart.

Wie erwartet liegt die Leiche von Frau Weimer im Kofferraum. Allerdings wurde sie viel schlimmer zugerichtet, als es bei Frau Seiler der Fall war. Sie ist völlig nackt und nicht nur ihr Körper, sondern auch ihr Gesicht ist übersät mit Schnittwunden und blauen Flecken.

„Sie wurde wirklich übel zugerichtet“, brummt Hansi und er schluckt schwer bei dem schrecklichen Anblick.

„Ja, die Frau musste wirklich einiges ertragen, bevor der Täter sie getötet hat“, antwortet Rudi.

„Wurde sie vergewaltigt?“, fragt Simone heiser.

„Ich muss sie noch genau untersuchen, aber auf den ersten Blick würde ich das klar bejahen“, antwortet Rudi.

„Und wie wurde sie getötet?“, hake ich nach.

„Sie wurde erwürgt.“

Rudi hebt das Kinn der Leiche etwas an und deutet auf die Striemen an deren Hals.

„Hier sieht man deutlich Abdrücke, die auf eine Strangulation hindeuten“, erklärt er.

„Also anders als bei Frau Seiler.“

Bei meinen Worten nickt Rudi.

„Ja, diese Frau hier wurde eindeutig erwürgt, während das erste Opfer erstickt wurde“, entgegnet er.

„Kannst du uns schon sagen, wann sie gestorben ist?“

„Der Tod ist maximal vor zwei bis sechs Stunden eingetreten, da die Leichenstarre noch nicht eingesetzt hat. Für genauere Angaben muss ich sie weiter untersuchen.“

„Sie hat die ganze Zeit noch gelebt“, flüstert Simone.

Ich wechsle mit Hansi einen besorgten Blick. So habe ich Simone eigentlich noch nie erlebt. Natürlich ist sie oftmals sensibler, als Hansi und ich das vielleicht sind. Aber so extrem betroffen ist sie normalerweise nicht.

Als würde sie unsere Besorgnis spüren, strafft sie plötzlich die Schultern und räuspert sich.

„Dann suchen wir jetzt also nach einem zweifachen Mörder", sagt sie nun mit fester Stimme.

Simone sieht uns kämpferisch an. So kennen wir unsere Kollegin. Nun ist sie im Kampfmodus und wird alles dafür tun, um den Mörder dieser Frauen zu finden.

14. Kapitel

20. November, morgens halb acht in Niederhaibach

„Du vergisst nicht, dass wir heute Nachmittag einen Termin im Küchenstudio haben?“, fragt mich Rosi, als wir am Frühstückstisch sitzen.

Ich schließe meine Lider und verkneife mir ein Seufzen. Meine Rosi liegt mir schon seit Wochen, wenn nicht gar Monaten in den Ohren, dass sie eine neue Küche möchte. Irgendwann habe ich mich breitschlagen lassen, dass wir uns mal ein paar neue Küchen ansehen. Allerdings habe ich natürlich völlig vergessen, dass dieser Termin heute ist.

„Welche Uhrzeit war das noch gleich?“, hake ich nach.

Sie wirft mir einen finsteren Blick zu.

„Du hast es vergessen oder?“

„Nicht direkt vergessen“, lenke ich ein. „Ich weiß nur die genaue Uhrzeit nicht mehr.“

„Wir müssen um halb drei im Küchenstudio sein“, antwortet sie, nicht ohne mich dabei warnend anzusehen.

Gerade noch dachte ich, es wäre vielleicht möglich, sie um das Verschieben des Termins zu bitten, doch wenn ich ihre Miene jetzt so ansehe, dann bin ich überzeugt davon, es wäre besser dies zu lassen.

„Ich versuche pünktlich zu sein“, verspreche ich ihr.

Nun wird ihr Blick noch etwas dunkler.

„Versuchen reicht nicht“, knurrt sie. „Ich rate dir pünktlich zu sein.“

Das ist definitiv eine Drohung die ich ernst nehmen sollte. Irgendwie muss ich es hinbekommen heute früher zu gehen, wenn ich den nächsten Tag noch erleben möchte. Ich nicke ihr knapp zu und verkneife mir weitere Aussagen. Stattdessen breche ich ins Revier auf. Vielleicht gibt es ja schon Neuigkeiten zum Mord an Frau Weimer.

Als ich kurz darauf im Büro ankomme, werde ich schon von meinen Kollegen erwartet.

„Rudi hat gerade angerufen“, informiert mich Simone. „Frau Weimer wurde gegen zwölf Uhr mittags getötet. Außerdem gibt es klare Anzeichen von sexuellem Missbrauch und auch die vielen Verletzungen wurde ihr noch zu Lebzeiten zugefügt.“

„Gibt es Hinweise auf den Täter?“, hake ich nach.

„Im und am Auto wurden Fingerabdrücke gefunden und Rudi hat an der Leiche auch DNA-Spuren sichergestellt“, entgegnet sie.

„Beides natürlich nicht in der Datenbank“, brummt Hansi.

„Und das Auto?“

Bei meiner Frage wendet sich Simone ihrem Bildschirm zu.

„Ja, Moment!“, murmelt sie. „Die Kollegen haben über die Fahrgestellnummer herausgefunden, wem das Auto gehört. Es wurde vor einer Woche in der Nähe von München gestohlen.“

„Und das Kennzeichen?“

„Es war gar nicht in Straubing gemeldet, sondern hatte eigentlich ein Münchner Kennzeichen“, antwortet Simone.

„Dann hat jemand vermutlich die Schilder getauscht“, werfe ich ein.

„Sieht ganz danach aus“, stimmt Simone mir zu. „Deswegen haben wir auch den Fahrzeughalter nicht gefunden, weil wir uns auf den dunklen Benz in Verbindung mit dem Teilkennzeichen beschränkt haben.“

„Dabei hat der Täter einfach die Kennzeichen getauscht“, brummt Hansi und wirft seinen Bleistift auf den Schreibtisch.

Offensichtlich bin ich nicht der Einzige, der sich darüber ärgert, dass wir diese Möglichkeit zuvor gar nicht in Betracht gezogen haben.

„Kommt der Münchner Fahrzeughalter des Benz als Täter in Frage?“, hake ich nach.

„Nein, der hat für die Tatzeit ein Alibi und überhaupt keine Verbindung zu unseren Opfern“, antwortet Simone. „Außerdem hat er das Auto zu der Zeit bereits als gestohlen gemeldet.“

„Dann fangen wir jetzt also wieder bei null an“, seufze ich.

„Was wissen wir?“, murmelt Simone mehr zu sich selbst, als zu uns. „Der Täter hat vermutlich zuerst den blauen Benz gestohlen. Anschließend die beiden jungen Frauen entführt.“

„Zuerst hat er noch die Kennzeichen getauscht“, wirft Hansi ein.

„Und nach Aussage der Zeugin wurden die beiden Frauen nicht dazu gezwungen in das Auto zu steigen“, gebe ich zu bedenken.

„Stimmt, das bedeutet, dass sie den Täter entweder gekannt haben, oder einfach nur leichtsinnig waren und zu einem Fremden ins Auto gestiegen sind“, sagt Simone und runzelt die Stirn.

„Man bringt doch schon kleinen Kindern bei, dass sie das auf keinen Fall tun sollen, weil es überaus gefährlich ist“, erwidere ich.

„Vielleicht fühlten Sie sich sicher, weil sie zu zweit waren“, sagt Hansi schulterzuckend.

„Das ist gut möglich. Dennoch steigen doch zwei junge Frauen nicht mitten in der Nacht zu einem völligen Fremden ins Auto.“

Natürlich beruht meine Vermutung nur auf meiner persönlichen Einschätzung. Immerhin kommt es immer wieder vor, dass Menschen völlig dumme und gefährliche Dinge tun. Unter anderem deswegen haben wir auch so viel Arbeit, um all die Verbrecher zu fangen. Es gibt nicht umsonst das Sprichwort,

Gelegenheit mach Diebe. Das gilt auch für andere Verbrechen.

„Du denkst also, die beiden haben ihren Vergewaltiger und Mörder gekannt?“, fragt mich Simone.

„Ich weigere mich einfach zu glauben, dass die beiden jungen Frauen so dumm waren und zu einem Fremden ins Auto gestiegen sind“, antwortet sie.

„Was ist eigentlich mit dem falschen Kennzeichen?“, fragt Hansi. „Gibt es dahingehend irgendwelche Hinweise auf den Täter?“

Die Kennzeichen wurden letztendlich im Kofferraum unter dem leblosen Körper des Opfers gefunden.

„Das untersuchen die Kollegen der Forensik auf Spuren. Sie melden sich, wenn sie etwas finden“, entgegnet Simone.

„Auf wen läuft das Kennzeichen?“, hake ich nach.

Immerhin muss es beim Landratsamt gemeldet sein und dort wird bei jeder Anmeldung und Kennzeichenausgabe auch der Halter erfasst.

„Das Kennzeichen ist nur fake“, erklärt Simone. „Es gibt weder eine Tüv Plakette, noch eine vom Landratsamt.“

„Dann hat der Täter einfach nur ein Kennzeichen machen lassen?“, fragt Hansi.

„Es sieht so aus.“

Simone nickt zustimmend. Mir ist gar nicht aufgefallen, dass auf den Kennzeichen keine runden

Aufkleber waren. Das ist allerdings auch der Zeugin nicht aufgefallen, was mich nicht wundert. Es war dunkel und das Auto war relativ weit entfernt, wie sie ausgesagt hat.

„Ich schlage vor, wir fahren zu dem Schilderladen vorm Landratsamt, die die Kennzeichen drucken“, sage ich zu meinen Kollegen. „Vielleicht erinnern sich ja die Angestellten an das Kennzeichen und den Mann, der es hat anfertigen lassen. Immerhin hat er das vielleicht erst kurz vor der Entführung getan.“

Simone und Hansi stehen zeitgleich auf und wir brechen sofort auf.

15. Kapitel

20. November, vormittags halb zehn in Straubing

Hansi parkt das Auto auf dem Parkplatz des Landratsamts, bevor wir aussteigen und uns dem Schilderladen nähern. Glücklicherweise ist nicht viel los und wir kommen gleich dran.

„Welches Schild brauchen Sie?“, fragt die ältere Dame hinter dem Tresen.

„Wir sind eigentlich da, um Ihnen eine Frage zu stellen“, entgegnet Simone und holt das Foto vom falschen Kennzeichen hervor, während Hansi ihr seinen Dienstausweis zeigt.

„Wie kann ich helfen?“, erwidert sie daraufhin kooperativ.

„Können Sie sich daran erinnern, wer bei Ihnen dieses Kennzeichen hat machen lassen?“, fragt Simone die Frau und zeigt ihr das Bild.

„Haben Sie eine Ahnung wie viele Kennzeichen wir hier machen?“, entgegnet sie und sieht uns zweifelnd an.

„Versuchen Sie es bitte.“

Simone sieht sie flehend an.

„Es geht um ein wirklich schweres Verbrechen“, hängt Hansi an, um der Frau die Wichtigkeit ihrer Hilfe klarzumachen.

„Okay“, murmelt sie und richtet ihren Blick auf das Foto vom Kennzeichen.

Sie runzelt die Stirn und man sieht ihr an, dass sie sich wirklich bemüht. Als sich ihre Augen verengen und sich ihre Lippen kräuseln, habe ich die Hoffnung, dass ihr tatsächlich etwas eingefallen ist.

„Doch, ich erinnere mich tatsächlich an den Mann“, murmelt sie mit gerunzelter Stirn. „Das war der Kerl, der sich zwar Schilder hat machen lassen, dann allerdings nicht ins Landratsamt ging.“

„Ist das so ungewöhnlich?“, hake ich nach.

„Für gewöhnlich werden die Schilder gekauft und anschließend gehen die Leute damit ins Landratsamt, um das Fahrzeug anzumelden. Genau das hat der Mann auch behauptet, deswegen ist er mir noch so im Gedächtnis, weil er dann doch in sein Auto gestiegen ist und davonfuhr“, antwortet sie.

„Können Sie den Mann beschreiben?“, fragt Hansi.

„Er war groß, schlank und hatte hellbraune, kurze Haare“, erklärt sie.

„Wie alt ungefähr?“, hake ich nach.

„Ich schätze mal um die vierzig, wobei ich nicht wirklich gut darin bin, das Alter von Menschen zu schätzen“, entgegnet sie.

„Hatte er irgendwelche besonderen Merkmale, an denen wir ihn wiedererkennen können?“, fragt Simone.

Die Frau hebt nachdenklich ihre rechte Augenbraue, bevor sie den Kopf schüttelt.

„Da ist mir nichts aufgefallen.“

Ich stoße seufzend den Atem aus. Es gibt unendlich viele Menschen, die auf die Beschreibung der Frau passen. Wie sollen wir damit den Täter finden?

Mit meinen Kollegen wechsle ich einen nachdenklichen Blick. Offensichtlich teilen sie meine Gedankengänge, denn sie schauen auch nicht gerade glücklich aus.

„Allerdings weiß ich das Kennzeichen noch“, sagt die Frau plötzlich.

„Das kennen wir auch“, brummt Hansi.

„Nicht das“, erwidert sie. „Ich meine das Kennzeichen des Autos mit dem er hier war.“

Unsere Köpfe schnellen regelrecht in ihre Richtung und ich kann mir gut vorstellen, wie ein Glitzern in unseren Augen erscheint. Das ist das Glitzern der Hoffnung.

„Sie wissen noch mit welchem Auto der Mann hier war?“, fragt Simone mit einer Mischung aus Unglauben und Hoffnung.

„Natürlich, deswegen ist er mir ja aufgefallen, weil es eben nicht mit dem Kennzeichen übereinstimmte, welches er nachmachen hat lassen. Allerdings war es dem sehr ähnlich, weshalb ich auch vermutet habe, dass er sich vielleicht mit seinem Auftrag bei mir vertan hat und deswegen nicht ins Landratsamt ging“, erklärt sie ausführlich, wobei für uns eigentlich nur wichtig ist, welches Kennzeichen es war und nicht unbedingt warum sie es sich gemerkt hat.

„Wie lautet es?“, hakt Hansi ungeduldig nach.

„Genauso wie das auf Ihrem Foto, nur statt der neunundzwanzig, die fünfundzwanzig.“

„Vielen, vielen Dank“, sagt Simone zu der Frau, nachdem wir ihre Personalien und die Aussage vollständig aufgenommen haben. „Sie haben uns wirklich sehr geholfen.“

Ich sehe ihr an, dass sie der Frau am liebsten um den Hals fallen würde, so froh ist sie, dass wir nun endlich einen handfesten Hinweis auf den Täter haben.

Jetzt sollte es ein Leichtes werden, den Kerl ausfindig zu machen und hinter Gitter zu befördern. Der Fingerabdruck- und DNA-Abgleich ist dann nur noch eine Formsache.

Als wir im Revier ankommen, setzt Simone sich an ihren Schreibtisch und haut sichtlich gehetzt auf ihre Tastatur ein. Ihr Fingertippen hört sich an, als würde eine Horde Pferde im Galopp vorbeiziehen. Sie tippt wahnsinnig schnell und ich bin sicher, dass es nur einen Wimpernschlag dauern wird, bis sie weiß zu wem das Kennzeichen gehört.

„Ich habe den Halter“, sagt sie schließlich. „Die Beschreibung des Autos passt auch dazu.“

Die Frau im Schilderladen wusste nämlich auch noch genau um welche Farbe es sich bei dem Auto gehandelt hat. Sogar das Fabrikat konnte sie uns sagen. Es war fast zu schön um wahr zu sein, daher hoffe ich wirklich, dass es nicht mit einem bösen Ende ausgeht.

„Dann fahren wir gleich zu ihm!“, sagt Hansi und steht von seinem Stuhl auf.

„Da ist noch was“, entgegnet Simone und sieht dabei zweifelnd aus.

Ihre Miene dämpft meine Zuversicht etwas und ich rüste mich für eine schlechte Nachricht.

„Der Halter des Wagens ist eine Frau“, eröffnet sie uns.

Hansi lässt sich wieder auf seinen Stuhl fallen und runzelt die Stirn.

„Vielleicht hat der Ehemann das Auto gefahren“, schlage ich vor.

Simone schüttelt den Kopf.

„Sie ist nicht verheiratet“, entgegnet sie.

„Gibt es sonst noch Personen, die mit ihr im Haushalt leben?“, fragt Hansi.

„Sie hat noch eine dreißigjährige Tochter.“

„Und die wohnt noch daheim?“

Bei meiner Frage nickt Simone.

„Ist die verheiratet?“, hakt Hansi nach.

„Nein, es ist auch kein Mann in dem Haushalt gemeldet“, erwidert Simone.

Ich stoße seufzend den Atem aus.

„Das wäre ja auch zu einfach gewesen“, knurrt Hansi.

„Vielleicht hat sich ja ein Bekannter oder Freund das Auto der Frau ausgeliehen“, schlage ich vor.

„Das wäre die einzige Erklärung“, sagt Simone.

„Dann fragen wir die Frauen einfach“, erwidere ich schulterzuckend.

Simone stimmt mir nickend zu und steht auf, um ihre Jacke anzuziehen. Hansi tut ihr das gleich, diesmal ist er aber nicht mehr so euphorisch, als noch kurz zuvor.

„Hoffentlich lohnt sich diesmal der Aufwand“, brummt er, als wir das Büro verlassen.

„Das hoffe ich auch“, stimme ich ihm zu.

„Wenn das jetzt wieder eine falsche Spur ist, dann verliere ich langsam aber sicher den Glauben daran, dass wir den Fall jemals lösen“, sagt Hansi frustriert.

„Die Fälle“, verbessert Simone ihn. „Wir haben es mit zwei Morden zu tun.“

„Das macht es ja noch frustrierender“, knurrt Hansi, bevor er die Tür nach draußen aufstößt.

16. Kapitel

20. November, mittags halb zwölf in Straubing

Als wir bei der Adresse ankommen, sehen wir schon das Fahrzeug in der Einfahrt stehen, mit welchem das falsche Kennzeichen wohl transportiert wurde.

„Wir sind auf jeden Fall schon einmal richtig“, sage ich und deute mit meinem Kopf zu dem Auto, das in der Einfahrt steht.

„Dann drücken wir mal die Daumen, dass wir hier auch einen Hinweis auf den Täter finden“, sagt Simone, als sie auf den Klingelknopf drückt.

Es dauert eine Weile, doch dann wird die Haustür geöffnet. Eine Frau mittleren Alters steht vor mir und ich bin ziemlich sicher, dass es sich um die Halterin des Fahrzeugs handelt.

„Grüß Gott“, sagt sie und sieht uns fragend an.

Simone stellt uns vor und zeigt ihr auch ihren Dienstausweis.

„Was kann ich für Sie tun?“, fragt die Frau sichtlich irritiert.

„Sind Sie Frau Irmgard Seilbauer?“, fragt Simone ihn.

„Ja warum?“

„Ihnen gehört dieses Auto?“, hakt Simone nach, während sie auf das Auto in der Einfahrt deutet.

„Ja“, antwortet sie zögerlich und runzelt dabei die Stirn.

„Wer nutzt dieses Auto?“, frage ich die Frau.

„Meine Tochter und ich“, antwortet sie.

Ihre Augenbrauen ziehen sich zusammen. „Warum fragen Sie?“

„Haben Sie es vielleicht in letzter Zeit noch an jemand anderen verliehen?“, hakt Hansi nach und ignoriert die Frage von Frau Seilbauer.

„Nein“, sagt sie kopfschüttelnd und wirkt dabei ziemlich entschlossen. „Können Sie mir jetzt bitte auch mal meine Frage beantworten!“

„Es geht um eine Mordermittlung“, eröffnet er ihr.

„Mord?“, fragt sie erschrocken.

Eine Weile starrt sie uns an und ich versuche die Frau einzuschätzen. Lügt sie und spielt uns etwas vor, oder ist sie wirklich überrascht und unwissend?

„Was hat denn mein Auto mit einem Mord zu tun?“

„Ihr Wagen wurde in dem Zusammenhang von einer Zeugin gesehen“, erklärt ihr Simone.

Erneut wirkt die Frau überrascht und ich glaube sie ist auch ziemlich überfordert, denn wenn ich sie richtig einschätze, hat sie keine Ahnung wovon wir sprechen. Das bedeutet auch, dass sie nichts mit dem Mord zu tun hat. Zumindest nicht aktiv, doch womöglich hatte sie indirekt etwas damit zu tun und zwar ohne etwas davon zu wissen.

Ob meine Vermutung zutrifft, gilt es nun herauszufinden.

„Mein Wagen?“, ruft sie sichtlich panisch.

Sie schlägt sich ihre Hand auf die Brust und sieht uns entsetzt an.

„Denken Sie bitte genau nach!“, fordere ich sie eindringlich auf. „Wer hat den Wagen außer Ihnen und Ihrer Tochter noch gefahren?“

„Niemand“, ruft sie. „Ich verleihe doch mein Auto nicht.“

„Außer an Ihre Tochter“, verbessere ich sie.

„Sie kann es natürlich schon nehmen, wenn sie es benötigt“, lenkt sie ein.

„Kann es sein, dass Ihre Tochter das Auto jemanden geliehen hat?“

Bei Simones Frage runzelt sie die Stirn und zieht eine nachdenkliche Miene.

„Eigentlich kann ich mir das nicht vorstellen. Aber möglich ist es natürlich.“

„Hat Ihre Tochter denn einen Freund?“, fragt Hansi.

„Ja, aber erst seit kurzer Zeit“, antwortet sie nach kurzer Bedenkzeit. „Ihm würde sie sicher nicht mein Auto leihen, ohne mir etwas zu sagen.“

„Können wir denn mit Ihrer Tochter sprechen?“, fragt Simone.

„Die ist gerade bei der Arbeit.“

Frau Seilbauer sieht auf ihre Armbanduhr.

„Aber sie hat gleich Mittagspause und kommt zum Essen nach Hause."

„Wäre es Ihnen denn recht, wenn wir hier auf sie warten?", fragt Simone.

„Natürlich, kommen Sie rein!"

Es dauert tatsächlich nicht mehr lange, bis die junge Frau auftaucht.

„Ich bin zu Hause!", ruft sie lautstark durch den Flur, als sie die Haustür hinter sich geschlossen hat. „Was gibt es denn Leckeres zu essen?"

„Wir haben Besuch von der Polizei", ruft ihre Mutter zurück.

Vermutlich möchte sie ihre Tochter damit vorwarnen, dass sie nicht unbedachte Dinge sagt, die sie womöglich verdächtig machen. Wobei ich der Mutter eigentlich glaube, dass diese ihren Wagen nicht verliehen hat. Allerdings bin ich mir da bei der Tochter nicht so sicher. Vor allem da sie nun wohl einen neuen Freund hat.

Als die Tochter in der Küche erscheint, sieht sie uns irritiert an.

„Grüß Gott", sagt sie zur Begrüßung.

„Sabrina, hast du mein Auto verliehen?", fragt die Mutter die junge Frau mit scharfer Stimme.

„Nein, wie kommst du denn darauf?", entgegnet sie sichtlich verunsichert.

Ich kenne zwar die junge Frau nicht, doch selbst mir ist klar, dass sie uns gerade angelogen hat. Als ich zu ihrer Mutter sehe, wird mir schnell klar, dass diese ihrer Tochter auch nicht glaubt.

Ihre rechte Augenbraue zieht sich in die Stirn, während sich ihre Augenlider leicht senken. Mit diesem Blick sieht sie ihre Tochter misstrauisch an.

„Hast du, oder hast du nicht?“, hakt sie nach und mir entgeht dabei nicht der drohende Unterton in ihrer Stimme.

„Simon hat ihn sich vielleicht einmal ausgeliehen“, gibt sie schließlich zu. „Aber das ist doch nichts Schlimmes.“

„Wann genau hat sich Ihr Freund das Auto ausgeliehen?“, hake ich nach.

„Das war wirklich nur einmal kurz. Er wollte eine Besorgung machen und da ich keine Zeit hatte, um ihn zu fahren, da habe ich ihm eben den Schlüssel gegeben“, gesteht sie.

„Du hast ohne mein Wissen mein Auto verliehen?“, ruft die Mutter sichtlich erbost. „Ich habe dir doch gesagt, dass ich in der Versicherungspolice nur dich und mich eingetragen habe.“

„Ich weiß, und es tut mir ja auch leid. Aber es war wirklich nur das eine Mal“, versichert sie sichtlich reumütig.

„Können Sie uns bitte sagen, an welchem Tag genau das war?“, fragt Simone hartnäckig, denn so wie es aussieht haben wir gerade eine ganz heiße Spur zum Täter.

Die Frau stößt den Atem aus und runzelt die Stirn.

„Ich musste an dem Tag zum Arzt und konnte den Termin nicht verschieben, da ich schon ewig auf den Termin gewartet habe“, erklärt sie. „Haben Sie eine Ahnung wie lange es dauert einen Facharzttermin zu bekommen.“

„Trotzdem hättest du ihm den Schlüssel nicht geben dürfen“, sagt die Mutter vorwurfsvoll.

„Ja, das tut mir ja auch leid“, murmelt sie.

Ich frage mich ja, warum eine Frau in ihrem Alter nicht selbst ein Auto hat, sondern mit dem der Mutter rumfährt. Aber das geht mich ja nichts an. Vielleicht hat sie einfach nicht genug Geld.

„Können Sie uns denn jetzt das genaue Datum sagen?“, fragt Hansi ungeduldig.

„Warten Sie, das müsste in meinem Kalender stehen.“

Sie zückt ihr Handy und wischt darauf herum. Als sie uns das Datum nennt, wechsle ich mit meinen Kollegen einen Blick. Frau Sabrina Seilbauer hat ihrem Freund genau an jenem Tag das Auto geliehen, als der vermeintliche Täter im Schilderladen beim Landratsamt war.

17. Kapitel

20. November, nachmittags halb zwei in Straubing

Wir waren noch etwas Essen und nun befinden wir uns auf dem Weg zu Simon Greilinger. Zuerst versuchen wir es bei seiner Wohnung, denn die liegt direkt auf unserem Weg. Seine Freundin hat uns auch verraten, wo der Mann arbeitet. Sollten wir ihn daheim nicht antreffen, fahren wir gleich weiter.

Ich bin fest davon überzeugt, dass dieser Mann unser Täter ist. Die Hinweise sind eindeutig und für meine Kollegen und mich gibt es keinen Zweifel, dass der Fall so gut wie gelöst ist. Wir müssen es nur noch beweisen. Am besten indem wir ihm ein Geständnis entlocken können.

Als ich auf den Klingelknopf drücke, hoffe ich innständig, dass der Mann daheim ist. Ich kann es kaum erwarten ihn zu befragen.

„Dann statten wir ihm mal bei der Arbeit einen Besuch ab“, sagt Hansi, als auch bei unserem zweiten Klingeln die Tür nicht geöffnet wird.

Wir gehen zurück zum Auto und fahren raus aus der Stadt. Herr Greilinger arbeitet bei einer Schreinerei und ich hoffe, er ist nicht gerade im

Außendienst tätig. Tatsächlich dauert es eine Weile, bis wir schließlich bei der Schreinerei ankommen.

Wir suchen den Eingang zur Werkstatt und klopfen an die Tür. Da von drinnen laute Maschinengeräusche zu hören sind, gehen wir davon aus, dass unser Klopfen niemand hören kann.

Ich nicke Hansi zu, als er seine Hand auf den Türgriff legt. Er drückt diesen und öffnet die Tür. Nun wird das laute Maschinengeräusch noch stärker und am liebsten würde ich mir die Ohren zuhalten. Da wundert es mich nicht, dass alle Leute, die hier arbeiten, einen Gehörschutz tragen. Daher dauert es auch einen Moment, bis wir bemerkt werden.

Der junge Mann, der uns als erstes entdeckt, schreckt leicht zusammen. Glücklicherweise hatte er die Hände nicht gerade in der Nähe eines Sägeblatts oder dergleichen. Nicht, dass wir noch schuld daran wären, wenn sich hier jemand verletzten würde.

Der junge Mann winkt einem Mann am anderen Ende der Werkstatt zu und als er dessen Aufmerksamkeit hat, deutet er in unsere Richtung. Vermutlich handelt es sich bei dem älteren Herrn um den Chef, denn dieser legt seinen Gehörschutz ab und kommt auf uns zu.

Anschließend deutet er uns an ihm zu folgen. Er öffnet eine Tür und dahinter befindet sich ein Büro. Als er dann die Tür hinter uns wieder schließt, ist es mit einem Mal erstaunlich ruhig im Büro.

Offensichtlich handelt es sich um eine Schallschutztür, was hier definitiv Sinn macht.

„Was kann ich für Sie tun?“, fragt uns der Mann, nachdem er uns einen Platz in seinem Büro an einem kleinen Besprechungstisch angeboten hat.

Offensichtlich geht er davon aus, dass wir als Kunden hier sind, denn er zückt seinen Notizblock und nimmt einen Kugelschreiber zur Hand.

„Wir sind von der Kripo Straubing und ermitteln in einem, oder besser gesagt zwei Mordfällen“, eröffnet ihm Hansi unverblümt.

Offensichtlich hat mein Kollege es satt zurückhaltend zu ermitteln. Er prescht nach vorne und hofft wohl so den Fall endlich zu Ende zu bringen.

„Und was wollen Sie da von mir?“, fragt der Mann sichtlich besorgt.

„Arbeitet ein Herr Simon Greilinger bei Ihnen?“, frage ich ihn.

Die Augenbrauen des Mannes ziehen sich zusammen und er sieht mich irritiert an.

„Ja“, antwortet er zögerlich.

„Können wir mit ihm reden?“, hake ich nach.

„Er arbeitet gerade an einem Kundenauftrag, den wir noch diese Woche ausliefern müssen“, entgegnet er. „Wir stehen etwas unter Termindruck, weil ein Angestellter wegen Krankheit ausgefallen ist.“

Ich bin jetzt nicht sicher, was er uns damit sagen möchte. Vielleicht denkt er, dass wir auf ein Gespräch mit seinem Angestellten verzichten, wenn er uns von seinen Geschäftsproblemen erzählt.

„Das glaube ich Ihnen gerne, aber wir müssen trotzdem jetzt mit ihm sprechen“, erklärt ihm Simone.

„Er hat doch nicht etwa was mit dem Mord zu tun?“, fragt der Chef neugierig.

„Während der Ermittlungen können wir dazu keine Auskunft geben“, brummt Hansi hörbar genervt.

„Dann hol ich ihn mal“, sagt er endlich und steht von seinem Stuhl auf.

Kurz darauf verlässt er das Büro und für einen kurzen Moment dringt das Maschinengeräusch wieder in den Raum. Doch sobald der Mann die Tür hinter sich schließt ist es wieder erstaunlich ruhig.

„Der Chef war ja nicht begeistert, dass wir seinen Angestellten zu einem Mord befragen wollen“, sagt Hansi, als wir alleine sind.

„Der wird ja hoffentlich nicht mit ihm unter einer Decke stecken“, entgegne ich.

„Das glaube ich nicht“, erwidert Simone kopfschüttelnd. „Vermutlich hat er einfach nur Angst, dass ihm noch ein Angestellter ausfällt, wenn wir ihn mitnehmen. Er sagte ja, dass sie Termindruck haben.“

Kurz darauf kommt der Chef wieder zurück ins Büro. Allerdings wirkt er ziemlich nervös und überfordert. Außerdem fehlt von Herrn Greilinger jede Spur.

„Es gibt ein kleines Problem“, murmelt der Chef sichtlich aufgeregt.

„Wo ist Herr Greilinger?“, frage ich angespannt.

„Ähm, der ist gerade weg“, erklärt er und deutet zur Tür.

„Wie weg?“, fragt Hansi scharf.

„Als ich ihm sagte, dass die Polizei mit ihm sprechen will, da hat er alles stehen und liegen lassen und ist einfach aus der Werkstatt gelaufen.“

Der Chef macht eine entschuldigende Handbewegung.

„Er ist geflüchtet?“, ruft Simone und springt regelrecht von ihrem Stuhl auf.

„Vielleicht kommt er ja gleich wieder“, wirft der Chef ein, wirkt dabei allerdings selbst nicht sonderlich überzeugt von seinen Worten.

„Da verlassen wir uns lieber nicht drauf“, murmelt Simone und schiebt den Chef beiseite.

Anschließend reißt sie die Tür zur Werkstatt auf und sprintet hinaus. Sofort fällt mir auf, dass nun keine lauten Maschinengeräusche mehr zu hören sind. Stattdessen stehen zwei Angestellte, darunter auch der junge Mann, der zuvor als Erster auf uns aufmerksam wurde, mit ihrem Gehörschutz in der Hand mit offenen Mündern da und starren zu der offenstehenden Werkstatttür.

Genau auf diese Tür stürmt Simone zu, dicht gefolgt von Hansi. Ich komme mit etwas Abstand hinterher. Können die Täter mir dieses Gehetze nicht einfach ersparen? Früher oder später kriegen wir sie ja sowieso. Da könnten sie auf das Flüchten doch verzichten.

Als ich draußen ankomme, sehe ich Simone und Hansi gerade wieder umdrehen. Offensichtlich ist Herrn Greilinger tatsächlich die Flucht gelungen.

„Er ist weg“, knurrt Simone, als wir aufeinandertreffen.

Zeitgleich angelt sie ihr Handy aus der Hosentasche und ruft die Kollegen an, um Herrn Greilinger zur Fahndung auszurufen.

„Der kommt nicht weit“, entgegne ich.

18. Kapitel

20. November, abends halb vier in Niederhaibach

Nachdem wir die Kollegen und den Chef von Herrn Greilinger befragt haben und dabei zu dem Schluss kamen, dass keiner von ihnen etwas von der Tat ihres Kollegen wusste, fahren wir zurück ins Büro. Da wir nun nur warten können, bis Herr Greilinger gefasst wird, fahre ich nach Hause.

Als ich die Haustür öffne, fehlt von meiner Frau jede Spur. Mich wundert, dass die Haustür abgeschlossen war. Normalerweise ist diese nur zugezogen, wenn einer von uns beiden daheim ist. Auch als ich ihren Namen durch das Haus rufe, erhalte ich keine Antwort.

Wo könnte sie denn sein?

Weit kann sie nicht sein, denn ich hatte ja das Auto dabei und um mit dem Rad zu fahren ist es zu kalt.

Ich hole mein Handy aus meiner Hosentasche und werfe einen Blick darauf. Als ich die vielen entgangenen Anrufe meiner Frau sehe, wird mir ganz anders. Hoffentlich ist ihr nichts passiert!

Als wir bei der Werkstatt angekommen sind, habe ich mein Handy auf lautlos gestellt, damit wir bei der Befragung nicht gestört werden. Durch den ganzen

Tumult unseres geflüchteten Verdächtigen habe ich völlig vergessen den Ton wieder anzustellen.

Angespannt höre ich die erste Nachricht meiner Frau ab und auch wenn ich froh bin, dass ihr nichts passiert ist, wird mir etwas übel, bei der Erkenntnis, dass ich den Termin im Küchenstudio völlig vergessen habe.

Meine Frau wird mir definitiv den Kopf abreißen!

Ich frage mich, wo sie nun abgeblieben ist. Immerhin hatte sie ja kein Auto, um ins Küchenstudio zu fahren, da ich damit im Revier war. Zu Fuß wäre es allerdings auch zu weit. Vielleicht hat sie den Termin ja abgesagt und macht jetzt einen Spaziergang, damit die Wut verraucht.

Hoffentlich verraucht die Wut wirklich, denn diese wird ganz sicher verdammt groß sein. Ich habe einfach nicht mehr daran gedacht. Aber das wird Rosi sicherlich nicht als Ausrede gelten lassen, daher mache ich mich auf einiges gefasst.

Es vergeht noch über eine Stunde, bis ich ein Auto in unserer Einfahrt höre. Beim Blick aus dem Fenster sehe ich Rosi auf der Beifahrerseite aus dem Auto steigen. Wenn ich mich nicht irre, sitzt Hildegard auf dem Fahrersitz. Offensichtlich hat meine Rosi in ihrer Not die Frau vom Leitner Metzger angerufen.

Mich wundert ja, dass die auf die Schnelle Zeit hatte. Immerhin steht sie nachmittags normalerweise im Laden der Metzgerei. Vermutlich hat meine Frau den Notstand ausgerufen und mich gleichzeitig dabei verflucht.

Angespannt warte ich darauf, dass meine Rosi das Haus betritt und rüste mich für eine Standpauke. Doch als sie mich wie einen geschlagenen Hund im Flur stehen sieht, ignoriert sie mich dezent und murmelt nur einen knappen Gruß, nicht ohne mir einen vernichtenden Blick zuzuwerfen.

Anschließend verschwindet sie in der Küche und lässt mich einfach so stehen. Das ist absolut kein gutes Zeichen. Schimpftriaden sind zwar nicht angenehm, doch immerhin zu ertragen. Doch wenn meine Rosi schweigt, dann ist es wirklich fünf vor zwölf.

Ich folge ihr in die Küche. Vielleicht gelingt es mir ja, die Wogen noch ein klein wenig zu glätten.

„Es tut mir wirklich leid, aber ich habe den Termin völlig vergessen."

Auch als ich zu Kreuze krieche und meine Entschuldigung so aufrichtig wie möglich vorbringe, ignoriert sie mich weiterhin. Sie schenkt mir keinerlei Aufmerksamkeit und hantiert in der Küche vor sich hin.

„Aber es hat sich gelohnt, wir wissen endlich wer der Mörder ist", erzähle ich ihr.

Wobei wir das natürlich noch gar nicht mit Sicherheit wissen. Dafür müssen wir den Mann erst einmal kriegen. Das sage ich ihr jetzt aber nicht.

Immerhin möchte ich, dass sie mir meinen Fauxpas verzeiht.

„Das ist ja schön für dich“, knurrt sie und würdigt mich keines Blickes.

Sie ist wirklich verdammt sauer.

„Es war wirklich keine Absicht“, versichere ich ihr.

„Keine Absicht“, ruft sie mit einem freudlosen Lachen. „Warum hast du denn dann meine Anrufe ignoriert?“

„Ich habe sie nicht ignoriert, sondern vergessen nach der Befragung den Ton meines Handys wieder anzuschalten“, erkläre ich mittlerweile tatsächlich etwas verzweifelt.

Sie macht eine abfällige Handbewegung und drängt sich an mir vorbei. Mit einem genervten Stöhnen stapft sie aus der Küche. Für einen Moment ziehe ich in Erwägung ihr zu folgen, doch dann entscheide ich mich dazu, meiner Frau etwas Freiraum zu lassen. Ich sollte ihr Zeit geben, damit ihre Wut etwas verrauchen kann und ihr hoffentlich klar wird, dass ich sie nicht absichtlich versetzt habe. Derzeit geht sie nämlich genau davon aus.

Unter diesen Umständen befürchte ich, dass es heute kein Abendessen gibt. Zumindest keins das meine Frau zubereitet. Vielleicht sollte ich mich als Versöhnungsversuch am Abendessen versuchen.

Da Kochen bei mir meist schiefgeht, sollte ich die kalte Küche bevorzugen. Ein Blick in den

Kühlschrank lässt mich seufzen. Soll ich wirklich nur ein paar Wurstbrote schmieren?

Ich sehe im Brotkasten nach und werde auch fündig. Dort befindet sich knapp ein halber Leib Bauernbrot. Rosi hat das gewürzte Brot gekauft, das ich wirklich gerne esse. Da habe ich gleich noch ein schlechteres Gewissen.

Ich gehe in die Speisekammer und hole einen Karton Eier heraus. Anschließend stelle ich einen Topf mit Wasser auf. Eier kochen kriege ich geradeso noch hin. Mit diesen dekoriere ich die Wurst- und Käsebrote. Vielleicht kann ich damit ja ein bisschen punkten.

Zudem hole ich noch eine Paprika und zwei Karotten aus dem Kühlschrank. Ich weiß ja, wie sehr meine Frau darauf achtet, dass wir uns gesund ernähren. Mit ein wenig Rohkost zu den Broten möchte ich ihr zeigen, dass ich selbst auch daran denke.

Natürlich kennt sie mich gut genug, um zu wissen, dass ich das nur tue, weil ich ein schlechtes Gewissen habe. Aber letztendlich zählt ja der gute Wille. Zumindest lege ich mich ins Zeug und versuche meinen Fehltritt von heute wieder gut zu machen.

Ich suche in der Küchenschublade nach einem Sparschäler. Soweit ich weiß, nutzt Rosi diesen bei Karotten. Kurz war ich ja versucht diese einfach mit der Schale in Streifen zu schneiden, doch ich bin mir ziemlich sicher, dass es bei meiner Frau nicht so gut ankommen würde.

Als die Eier fertiggekocht sind, schrecke ich sie ab und stelle sie vorerst beiseite. Anschließend bestreiche ich die Brotscheiben dünn mit Butter, bevor ich sie abwechselnd mit Wurst und Käse belege. Die Brotscheiben teile ich in zwei Hälften und lege noch ein Stück Essiggurke auf die Wurst und einen dünnen Streifen Paprika auf den Käse. Die Rohkoststreifen richte ich in einem niedrigen Glas an, bevor ich beginne eins der Eier zu schälen. Die Schale geht sehr schlecht ab und ich fummle an den kleinen Stückchen herum. Ich hasse es, wenn Eier mich so drangsalieren.

Als ich Rosis Schritte auf der Treppe höre, stecke ich in den letzten Zügen. Sie kommt genau richtig, denn das Essen ist gleich fertig. Ich bin wirklich schon gespannt, was sie zu meiner Überraschung sagt.

„Willst du das alles essen?“, fragt sie mich vorwurfsvoll, als sie in die Küche kommt und einen Blick auf die angerichteten Brote wirft.

„Das habe ich für uns beide gemacht“, erwidere ich und sehe sie irritiert an.

Meine Frau hat sich in Schale geschmissen und wie es aussieht, hat sie vor heute noch auszugehen.

„Ich gehe mit Hildegard zum Essen“, entgegnet sie wenig beeindruckt von meinen Bemühungen.

Anschließend verlässt sie die Küche, greift im Flur nach dem Autoschlüssel und verlässt das Haus. Sie hat mich nicht einmal gefragt, ob ich das Auto heute noch brauche, geschweige denn ob ich vielleicht mitkommen möchte. Ganz davon abgesehen, dass sie absolut gar nichts zu meiner Brotzeit gesagt hat. Dabei habe ich mir solche Mühe gegeben.

Seufzend sehe ich auf den Teller vor mir. Wenn ich das ganze Grünzeug weglasse, könnte ich es vielleicht schaffen, alles alleine aufzuessen.

19. Kapitel

21. November, vormittags halb zehn in Straubing

„Was ist los, Karl?“, fragt mich Simone. „Du siehst irgendwie etwas bedrückt aus.“

Ich stoße seufzend den Atem aus.

„Ach, meine Rosi ist sauer auf mich, weil ich den Termin im Küchenstudio vergessen habe“, antworte ich schwermütig.

„O je“, erwidert Simone und sieht mich mitleidig an. „War Rosi dann alleine im Küchenstudio?“

„Nein, sie hat eine Freundin mitgenommen“, murmle ich.

„Hat sie dann ohne dich eine neue Küche ausgesucht?“, hakt sie nach.

„Keine Ahnung“, sage ich schulterzuckend. „Sie redet ja nicht mehr mit mir.“

„Dann musst du dir zur Entschuldigung etwas einfallen lassen“, schlägt sie vor.

„Das habe ich gestern schon versucht“, brumme ich. „Hat aber leider nicht geholfen.“

„Was hast du denn getan?“, fragt nun Hansi neugierig.

Seiner Miene nach zu urteilen, amüsiert er sich über meine Eheprobleme. Kein Wunder, mit diesen muss er sich ja nicht mehr rumärgern, seit er sich von seiner Frau getrennt hat.

„Ich habe belegte Brote zum Abendessen gemacht. Sogar Rohkost habe ich kleingeschnitten, damit auch der gesundheitliche Aspekt nicht zu kurz kommt.“

„Und?“, hakt er nach.

„Sie war mit ihrer Freundin zum Essen verabredet“, antworte ich schulterzuckend.

„Was hast du dann mit den ganzen Broten gemacht?“

Hänsi hofft vermutlich, dass ich die Reste heute mitgenommen habe und diese gleich verteile. Da muss ich ihn aber leider enttäuschen.

„Ich habe sie alle selbst aufgegessen“, gebe ich zu.

„Das nennt man dann wohl frustessen“, erwidert Simone sichtlich amüsiert.

„Also könnte es sein, dass deine Frau gestern eine neue Küche bestellt hat und du hast keine Ahnung wie sie aussieht?“

Bei Hansis Frage sieht er mich mit hochgezogenen Augenbrauen an.

„Viel Mitspracherecht hätte ich wohl auch nicht gehabt, wenn ich dabei gewesen wäre“, erwidere ich.

Das ist nicht gelogen, denn letztendlich hat meine Frau das letzte Wort, was solche Entscheidungen betrifft. Immerhin ist sie es, die die meiste Zeit in der Küche arbeiten muss. Wenn es jetzt darum ginge, etwas für die Garage auszusuchen, dann würde ich die Entscheidung treffen. Zumindest rede ich mir das ein.

Trotzdem wirft sie mir natürlich noch lange vor, dass ich gestern nicht dabei war. Damit werde ich wohl leben müssen. Mit etwas Glück dauert es nicht mehr zu lange, bis die größte Wut verraucht ist und meine Frau zumindest wieder normal mit mir redet. Allzu viele Sorgen mache ich mir da aber nicht. Immerhin kennen wir uns schon lange genug und es ist nicht das erste Mal, dass wir einen kleinen Disput haben.

Es klopft an unserer Bürotür und kurz darauf steckt ein Kollege seinen Kopf zur Tür herein.

„Es wird euch freuen zu hören, dass es einen Hinweis auf euren Flüchtigen gibt."

„Endlich mal eine gute Nachricht", seufze ich.

„Wo hat man ihn aufgegriffen?", fragt Simone.

„Aufgegriffen noch gar nicht, aber offensichtlich hat er seine Kreditkarte eingesetzt, um ein Zugticket ins Ausland zu kaufen. Am Bahnhof werden die Kollegen schon auf ihn warten und dann zu euch bringen", antwortet er.

„Wann geht sein Zug?", hake ich nach.

„Etwa in einer halben Stunde."

Ich werfe einen Blick auf meine Armbanduhr.

„Dann sollten wir gleich noch etwas essen", schlage ich vor. „Wer weiß wie lange es dauern wird, bis der Kerl ein Geständnis ablegt."

Nun ist es Simone, die einen Blick auf ihre Uhr wirft.

„Aber es ist erst halb elf“, sagt sie und legt dabei ihre Stirn in Falten.

„Man muss die Zeit nutzen, wenn man sie hat“, entgegne ich.

„Also ich vertrage jetzt beim besten Willen noch kein Mittagessen“, erwidert Simone.

„Ach, ich könnte jetzt schon einen Teller Schweiners vertragen“, sagt Hansi und legt sich die Hand auf seinen Bauch.

„Was haltet ihr davon, wenn wir uns auf eine Brotzeit vom Bäcker einigen?“, schlage ich vor.

Ich sehe in zustimmende Mienen. Simone und Hansi nicken und ich kann ihnen ansehen, dass sie meine Idee nicht schlecht finden.

„Wenn ihr mir sagt, was ihr möchtet, dann gehe ich kurz und hole etwas“, schlage ich vor.

„Ich hätte gerne eine Butterbreze“, sagt Simone.

„Sonst nichts?“, hake ich überrascht nach.

„Nein, ich sollte ein oder zwei Kilo abnehmen“, erwidert sie seufzend.

Es ist zwecklos ihr zu sagen, dass sie keinesfalls zu viel Gewicht auf den Hüften hat, denn das habe ich schon oft versucht. Sie lässt sich da aber nicht dreinreden. Letztendlich muss sie mit sich zufrieden sein, auch wenn ich finde, dass sie keinesfalls noch dünner werden sollte.

„Ich nehme ein Salami-Sandwich und ein Stück Käsekuchen, wenn sie welchen haben“, sagt Hansi.

Von ihm habe ich schon erwartet, dass er sich nicht mit einer Sache zufrieden geben wird. Hansi isst eben sehr gerne. Das kann ich ihm nicht verdenken, denn da sind wir uns eben sehr ähnlich.

„Dann mache ich mich mal auf die Socken“, sage ich zu Simone und Hansi.

Zeitlich sollte sich das ausgehen, denn wenn die Kollegen den Verdächtigen in etwa einer halben Stunde zu fassen bekommen, dauert es ja auch noch eine Weile, bis sie ihn zu uns ins Revier bringen. Ich hoffe, dass wir auch noch mit dem Essen fertig werden, bevor der vermeintliche Täter hier aufschlägt.

Daher spute ich mich, um zum Bäcker um die Ecke zu kommen.

Als ich dort ankomme, bin ich leider nicht der einzige Kunde in dem Laden. Vor mir sind noch drei Kundinnen und schon die erste kauft gefühlt den halben Laden leer und braucht ewig, bis sie ihre gesamte Bestellung aufgegeben hat. Ungeduldig werfe ich einen Blick auf die Armbanduhr und kann ein Seufzen nicht unterdrücken.

Zumindest stehen zwei Verkäuferinnen hinter dem Tresen und daher dauert es nicht ganz so lange bis ich an der Reihe bin.

„Was darf es denn für Sie sein?“, fragt mich die junge, freundliche Verkäuferin, als ich dran bin.

„Ich hätte bitte gerne eine Butterbreze, ein Salamisandwich, ein Stück Käsekuchen, eine Schinken-Käse-Breze und ein Stück Apfelkuchen bitte."

„Darf ich das alles zusammenpacken?", fragt sie nach.

Die Verkäuferin ist vom Fach, denn sie hat sofort erkannt, dass die Bestellung nicht für mich alleine ist, sondern ich für mehrere Personen eine Brotzeit einkaufe. Daher bitte ich sie die Portionen jeweils extra einzupacken, damit ich die Tüten anschließend an Simone und Hansi verteilen kann. Somit sparen wir uns auch die Teller, denn wir können die Leckereien gleich aus der Tüte essen.

Nachdem ich bezahlt habe, mache ich mich schnell auf den Weg zurück ins Revier. Als ich wieder im Büro ankomme, werde ich von meinen Kollegen schon erwartet.

„Gut, dass du schon da bist", sagt Simone. „Wir haben gerade einen Anruf erhalten, dass die Kollegen unseren Verdächtigen in Gewahrsam haben. Sie müssten in etwa zwanzig Minuten da sein."

Das sollte sich geradeso ausgehen und falls nicht, muss der Kerl eben ein bisschen auf uns warten.

20. Kapitel

21. November, vormittags halb zwölf in Straubing

Jetzt hat es doch noch etwas länger gedauert, bis die Kollegen endlich mit dem Mann antanzen. Ich bin nicht sicher, ob er ihnen Probleme gemacht hat, oder sie einfach der Verkehr etwas aufgehalten hat.

Zumindest konnten wir so unser Essen in Ruhe genießen. Nun sind wir auf dem Weg zum Verhörraum, wo Herr Greilinger bereits auf uns wartet. Zumindest hat er noch nicht nach einem Anwalt verlangt, und das obwohl die Kollegen ihn über seine Rechte aufgeklärt haben.

Ungeduldig treibe ich meine Kollegen zur Eile an, denn ich möchte endlich wissen, ob Herr Greilinger die Tat tatsächlich zugibt, oder eine Ausrede für uns parat hat. Dass er der Täter ist, daran habe ich eigentlich keinen Zweifel. Er wurde gesehen, wie er die falschen Kennzeichen anfertigen hat lassen und als wir ihn befragen wollten ist er geflüchtet und wollte auch noch das Land verlassen. Mehr Beweise brauche ich wirklich nicht.

„Herr Greilinger, endlich können wir mit Ihnen sprechen“, sagt Hansi mit vorwurfsvollem Unterton in der Stimme, als wir den Verhörraum betreten.

Er sieht finster auf, sagt allerdings kein Wort. Hoffentlich wird er im Laufe des Verhörs noch gesprächiger, sonst können wir uns ein Geständnis abschminken.

Wir setzen uns dem Mann gegenüber, während Hansi deutlich hörbar ausatmet.

„Über Ihre Rechte hat man Sie ja schon informiert", sagt Simone und sieht Herrn Greilinger fragend an.

Er nickt kaum merklich und ich bekomme den Eindruck, dass dieser Mann nicht kooperativ sein wird. Durchdringend sehe ich ihn an und frage mich was in seinem Kopf vorgeht. Auch wenn er versucht eine eiserne Miene aufzusetzen, so kann ich doch deutlich seine Nervosität erkennen. Dieser Mann weiß, dass er am Arsch ist.

„Ihr Schweigen wird Ihnen nicht viel bringen", sagt Simone zu ihm. „Vielleicht sollten Sie sich überlegen uns die Arbeit und Zeit zu sparen und gleich ein Geständnis ablegen. Das würde sich zumindest strafmildernd auswirken."

Nun schluckt der Mann merklich und ich kann ihm ansehen, wie es in seinem Kopf anfängt zu rattern. Er versucht abzuwägen, ob es vielleicht besser wäre Simones Vorschlag anzunehmen. Das ist der Moment in dem wir die größte Chance haben, diesen Mann zum Reden zu bringen.

„Ihnen ist doch klar, dass alles gegen Sie spricht", sage ich und versuche ihn zu beeinflussen.

„Spätestens als Sie flüchteten, als wir Sie bei Ihrer Arbeitsstelle befragen wollten, gab es keine Zweifel mehr“, wirft Hansi ein.

Wenn der Mann nun nicht endlich den Mund aufmacht, dann weiß ich auch nicht. Er presst seine Lippen fest aufeinander und ich kann deutlich sehen, wie seine Kiefer aufeinander mahlen.

„Okay, wenn Sie nicht wollen, können wir auch den herkömmlichen Weg gehen“, sagt Simone schulterzuckend. „Wir warten einfach bis wir die Ergebnisse der Fingerabdrücke und des DNA-Abgleichs haben. Dann ist allerdings die Chance für ein strafmilderndes Geständnis verstrichen.“

Demonstrativ steht Simone von ihrem Stuhl auf und schickt sich an zu gehen. Um das Schauspiel perfekt zu machen, tuen Hansi und ich es ihr gleich.

„Warten Sie!“, ruft uns Herr Greilinger zurück, als Simone bereits die Tür geöffnet hat.

Er stößt seufzend den Atem aus und ihm ist deutlich anzumerken, wie sehr ihm die Situation missfällt. Vermutlich hat er gedacht, dass er nicht gefasst wird, weil sein Plan so perfekt war. Zumindest in seinen Augen. Nun ist seine Strategie allerdings aufgeflogen und er weiß genau, dass er den Hals nicht mehr aus der Schlinge bekommt.

Ich frage mich nur, warum er nicht nach einem Anwalt verlangt. Vermutlich ist er einfach zu stolz dazu, oder er fürchtet die Kosten. Wobei ihm ja Prozessbeihilfe zusteht, falls ihm die nötigen Mittel fehlen. Doch das wird er alles noch in Erfahrung bringen, sobald er uns erzählt hat, was wirklich geschehen ist.

„Also, raus mit der Sprache. Haben Sie mit dem gestohlenen Auto die zwei Frauen entführt?“, frage ich ungeduldig.

„Ich habe sie nicht entführt“, erwidert er. „Ich habe Ihnen lediglich angeboten, sie nach Hause zu fahren.“

„Erzählen Sie doch einfach von Anfang an, wie sich der Abend abgespielt hat!“, fordert Simone den Mann auf.

„Ich habe die beiden Frauen in der Diskothek kennengelernt und da wir uns so gut verstanden haben, bot ich ihnen an sie in meinem Auto mitzunehmen.“

„In Ihrem Auto?“, hake ich nach.

„Es war nicht direkt mein Auto“, lenkt er ein.

„Also in dem Auto, dass Sie gestohlen haben“, sagt Hansi schroff.

Er nennt die Dinge gerne beim Namen und redet nicht drumherum.

„Aber ich habe die beiden Frauen nicht umgebracht“, versichert er.

„Und wie erklären Sie sich dann, dass beide tot sind?“

Er stößt seufzend den Atem aus und ich sehe ihm an, dass da noch viel mehr hinter der Geschichte steckt.

„Also gut, ich werde die Sache nicht alleine ausbaden“, murmelt er schließlich. „Ich habe unterwegs noch einen alten Freund aufgelesen und der ist auf die glorreiche Idee gekommen, dass wir uns mit den beiden ein bisschen vergnügen könnten.“

Simones Augenbrauen ziehen sich sofort zusammen und auch ich muss mich zusammenreißen, dass ich nicht die Fassung verliere.

„Dann haben Sie mit Ihrem Freund die Frauen erst vergewaltigt und anschließend umgebracht?“, fragt Hansi mit eisiger Miene.

„Die Sache ist irgendwie aus dem Ruder gelaufen“, gibt er schließlich reumütig zu.

„Die Frauen wurden nicht zur selben Zeit getötet“, murmelt Simone.

„Ich wollte Selina wirklich nicht umbringen, aber als sie so geschrien hat, bekam ich irgendwie Panik. Da war das Kissen im Bett und ich habe einfach …“

Damit ist geklärt, dass Herr Greilinger der Vergewaltiger und Mörder von Frau Seiler ist. Dann hat sein Freund wohl Frau Hermel auf dem Gewissen.

„Felix hat gesagt, wir müssen die Leiche entsorgen und dass er sich anschließend um Katharina und das Auto kümmern würde“, murmelt Herr Greilinger und nun senkt er reumütig seinen Blick.

Ich bin nicht sicher, was ihn mehr belastet, dass er eine Frau getötet hat, oder dass er seinen Freund verraten hat.

„Ich habe genug gehört“, murmle ich und stehe von meinem Stuhl auf.

„Wir machen hier weiter“, flüstert mir Simone zu.

„Ich kümmere mich um die Fahndung“, erwidere ich leise und verlasse den Verhörraum.

Der Fall ist zwar geklärt, doch ich muss zugeben, dass dies kein zufriedenes Gefühl bei mir hinterlässt. Die Tat war grausam und zwei junge, unschuldige Leben wurden genommen. Vermutlich bin ich mittlerweile einfach zu alt für diesen Job. Ich gebe jetzt noch die Fahndung raus. Anschließend fahre ich zu meiner Frau nach Hause und hoffe, dass sie mir verziehen hat. Mit etwas Glück erfahre ich dann auch, ob und wenn ja, welche neue Küche sie ausgesucht hat.

Ich massiere mit Daumen und Zeigefinger meinen Nasenrücken, als ich den Verhörraum verlassen habe.

„Na, harter Tag?“, fragt mich ein Kollege, der gerade vorbeikommt.

„Könnte man so sagen“, erwidere ich und ringe mir ein schwaches Lächeln ab.

ENDE

Impressum

Elisa Lark
c/o Werneburg Internet Marketing und Publikations-Service
Philipp-Kühner-Straße 2
99817 Eisenach

E-Mail: elisa-lark@freenet.de

Vielen Dank,

für den ehrlichen Erwerb meines Buches. Ich hoffe die Geschichte um den pensionierten Polizisten Karl Ramsauer hat dir gefallen.
Falls dem so ist, würde ich mich sehr freuen, wenn du dir die Zeit nehmen würdest eine Rezension zu schreiben.

Deine Elisa Lark

Glossar

Kanapee:	Sofa, Couch
Krautwickerl:	Kohlrouladen
Hamperer:	Nichtsnutz
lagg:	abgestanden
Diandl:	Mädchen
Schwammerlsuppe:	Pilzsuppe
Batz:	Dreck
Bissgurke:	anstrengende, nervige Frau
Preiß:	Menschen, die nicht bayrisch sprechen oder nicht aus Bayern kommen
Hallodri:	Weiberheld, hinter jedem Rock her
Sulze:	gebratenes kaltes Fleisch in saurem Gelee

Hundstage:	Tage, an dem es einem schlecht geht
Spezi:	Freund, Kumpel
Watterer:	Kartenspiel
ausschoffen: (Watten)	Spielzug beim Kartenspiel
Hagelstegga:	Gehstock

Wenn ihr wissen wollt, ob der Ramsauer weiterhin auf Verbrecherjagd geht, dann haltet die Augen nach seinem nächsten Fall offen. Infos und Neuigkeiten gibt's auf meiner Facebook-Seite.

Das Böse schläft nie …

In diesem Sinne, bis zum nächsten Mal!

Printed in Poland
by Amazon Fulfillment
Poland Sp. z o.o., Wrocław

45939095R00075